가능한 토마토와
불가능한 토요일

가능한 토마토와
불가능한 토요일

김도언 시집

문학세계사

묘비명을 수도 없이 썼다 지웠는데,
이것은 아직 다 못 지웠다.

'슬픈 눈으로 모험하라'는 신의 명령을 받들다가
삶을 마치다.
그리하여
최선을 다해 불확실하게 살았다.
나는 당신들이 모르는 최후의 사람.

김 도 언

□차례

1. 군함과 돼지

졸시_____ 12

거룩함에 대하여_____ 13

멍든 말_____ 15

Under the Bridge_____ 18

퇴폐주의 버스_____ 19

창밖, 프로이트식으로 고찰한_____ 20

토마토주의자_____ 21

군함과 돼지_____ 22

토요일의 태도_____ 24

그리운 비행기_____ 27

송가_____ 29

일관성이 없다는 일관성_____ 30

두 개의 바퀴가 있는 밤의 산책_____ 32

그렇고 그런_____ 33

파라노이아_____ 35

이모에게_____ 36

저녁과 굴뚝이_____ 37

의문_____ 39

2. 파업과 외설

가난의 족속_____ 42

당신이 생각에 잠긴 사이_____ 43

누군가는 말해야 한다_____ 44

홍콩에 내리는 소나기_____ 46

바나나들_____ 48

테니스 치는 여자_____ 49

파업과 외설_____ 50

노르웨이 고등어_____ 51

윌리엄 포크너식으로 소설을 시작한다면_____ 52

여자친구와 오리_____ 54

4월의 노래_____ 56

빨강코에 대한 소박한 보고서_____ 58

닫힌 방, 악마와 선한 신_____ 61

내 사랑은_____ 63

나의 프랑스 시인 자크 프레베르는_____ 65

불안에 대한 사적 견해_____ 67

처서 창밖_____ 69

고독에 대해서 말해야 한다면_____ 71

3. 사촌과 고독

여름의 노래_____ 74

여름에 고양이에 대해 몇 마디 쓰다_____ 76

편견에 의하면_____ 78

이별을 위한 모놀로그 또는_____ 79

건조주의보_____ 80

고도를 기다리며_____ 82

부릉부릉_____ 83

오월이고 열여덟째 날에는_____ 85

이국종 염소에게_____ 87

사촌과 고독_____ 88

나의 개_____ 90

극장 안의 관객과 극장 밖의 관객_____ 92

가능한 사치와 불가능한 꿈_____ 95

러시아 남자_____ 97

법도에 대하여_____ 99

실용적인 공구들과 개의 심장_____ 100

회복기의 노래_____ 102

다행_____ 104

상형문자_____ 105

4. 창고와 나

창고와 나_____ 108

이걸 봐_____ 111

코로나, 봄날_____ 113

눈과 나비의 기억_____ 115

혈통_____ 116

우리들의 금요일_____ 119

연애론_____ 120

설경의 탄생_____ 123

가설_____ 124

실연_____ 125

말세, 둥근 해가 떴습니다_____ 127

처음 부른 노래_____ 129

파도_____ 130

프로이트에게_____ 131

영면기永眠記_____ 132

신파, 혹은 신화 2_____ 133

대학로에서_____ 135

자작극_____ 136

물의 성전_____ 138

러시아형식주의_____ 139

| 해설 | 석민재(시인)
빨강 게르니카_____ 147

1

군함과 돼지

졸시

이름 없는 시인이
허름한 왼손으로
횟배를 앓는
늙은 개의 고독을 묘사하는 동안
아무도 행복한 고향에
돌아가지 못했음을 알리던
우체부는 은퇴를 하고
노인들은 천식약을 사기 위해
약국 앞에 긴 줄을 서고
부자의 어린 아들은
중세 영어를 배우고
꽃비는 그래도 쏟아지는데
어쩌자고
당신은 더 아름다워서
가난한 노동자는 설탕과 소금을 먹고
오늘 하루는 자전거 바퀴처럼 서럽고
이 세계는 폭설에 에워싸인
복숭아밭처럼 외로워졌구나.

거룩함에 대하여

이 세계가 굴뚝으로만 구성됐다고 생각한 적이 있다. 사실 그건 말이 안 되는 것이어서 진실은 아니고 그렇게 보일 정도로 굴뚝에 집착했다는 것이다. 누구든지 자기 눈에 보이는 걸 직설적으로 말할 권리는 있다. 굴뚝은 엄청난 연기를 지치지도 않고 뿜어냈다. 거기서 생식기의 허무를 보아버린 것도 어쩔 수 없는 일이다. 굴뚝에 대한 이야기는 이제 옛날 일이고 사람들은 굴뚝에 무관심해졌다. 무너져야 할 때 견디는 대신 기꺼이 무너진 굴뚝 같은 것들이 보여주듯이, 타버린 자기 속을 보여주며 무너진 굴뚝 같은 것들이 보여주듯이 거룩한 것은 언제나 자연의 일이다. 그것은 논리적인 것도 수학적인 것도 아니다. 거기에 인과 같은 건 없다. 그러니까 내 말은, 거룩하지도 않은 것들만이 거룩하고자 한다는 것이다. 거룩할 수 없는 것들이 거룩함을 갖고자 한다는 것이다. 그러니까 허공을 움켜쥐고 버티는 십자가가 그런 것처럼 말이다. 기념관과 탑이 그런 것처럼 말이다. 이를테면 거북이는, 여기서 거북이가 좀 난데없을 수 있지만, 나의 확고한 편견에 의하면, 거북이는, 공작의 깃털 따위를 부러워하지 않는다. 느려터져서 스스로 거룩하기 때문에 거북이는 공작에게, 깃발

처럼 휘날리는 상징에게 눈길 한번 안 준다. 바짝 엎드
린 자신의 처지와는 상관없다는 거다. 따지고 보면 골
목이라는 것도 그렇다. 적막을 지켜온 그 남다른 자부
심 때문에 광장의 축포나 소란을 탐낸 적이 없다. 거룩
한 것들은 그러하다. 스스로 그러한 것을, 억지스러운
논리를 힘껏 밀어내며 스스로 보여준다. 여기서 새로운
의성어가 태어난다. 거룩거룩, 빠른 세상 속을 거북이
가 다녀가는 소리를 나는 들었다.

멍든 말
-병승에게

뒤늦은 너의 부고가 닿은 뒤
내가 신뢰하는 어떤 선배 시인은
네가 시인으로 죽은 마지막 시인일 거라고 말했어
나는 그 말에 동의해
너는 마치 시인 역을 맡은 영화 속의 배우처럼 살았으니까
흥행을 기대하기 어려운 영화의 화난 주인공처럼
나 시인 황병승이야,
너는 타인의 높은 이마에 대고 자주 그렇게 말했어
너는 치솟았고 쏟아졌고 가라앉았어
미래를 보장하는 유명과 인기가 거품으로 뒤엉켰지
그런데 네가 그걸 참으로 어처구니없어 한다는 건
아무도 몰랐지
명예는 개나 물어가라고,
너는 벌레처럼 꿈틀거리며 말했지
언젠가 술을 먹다가
우리 둘이 술집을 같이 해보면 어떨까
그런 이야길 나눈 적이 있어
너나 나나 술을 좋아하니까
술집을 하면 이윤이 남을 것 같진 않았지만

아니 6개월 안에 망할 확률이 백 퍼센트였지만
우리는 그 무렵 스스로를 희롱하는
재미에 제법 취해 있었잖아
나는 농담처럼 말했어
술과 안주는 내가 팔 테니
잘 생기고 인기가 많은 넌 그냥 출근해서
술집 구석에만 앉아 있어
그러면 널 보고 싶어 하는 독자들이며 후배 시인들이며
습작생들이
줄을 서며 밀어닥칠 거야
지금 생각해 보면 그 질 나쁜 농담을
난 왜 너에게 던졌던 걸까
너는 도대체 질 나쁘고 음험한 농담들을
얼마나 많이 견뎌내었던 것일까
화살처럼 꽂히고 가시처럼 박히는
말들에 얼마나 자주 멍들었을까
그 멍에서 황홀하고 진귀한 언어를 뽑아내던 너는
부패해가는 육체로 발견되었어
보잘것없는 살을 썩히는 한여름의 육체쇼로

진짜 드물고 썩지 않는 것을
시 속에 박아놓았다는 걸 보여주었어
그게 너의 진실이고, 그게 너의 잘 표현된 불행이었지
잘 가라 시코쿠, 네가 벗어놓은 검은 바지의 밤이
몰려오고 있다

Under the Bridge

젊은 시절이었는데, 작은 슈퍼에서 소시지와 소주를 사다가 하천을 가로지르는 다리 아래를 걷다가 그 중간 즈음 펑퍼짐한 콘크리트 바닥, 그걸 뭐라고 부르는지 지금도 모르겠는데, 못된 풍습이었는지는 모르지만 아무튼 그런 데서 나는 술을 마셔본 적이 몇 번 있는데, 더러운 물이 흐르는 하천을 바라보면서 소시지의 얇은 비닐을 나는 열심히 벗겼거든, 그뿐이어서 나는 그게 좋았거든. 다리 밑에서 가공된 살코기를 두른 비닐을 벗기는 손톱의 각별한 수고와 다리 밑의 수초 냄새, 그때 내가 다리 아래에 있을 적에 다리 위를 지나가는 사람들을 상상했는데, 그래 생각하지 않을 수 없었는데, 술을 마실 때마다 다리가 부웅 진저리를 치면서 차들이 지나갔으니까. 나는 다리 위를 지배한 사람들이 나처럼 할 일도 없고 힘도 없는 사람들을 착취하거나 핍박하는 자들이라고 간주하진 않았어, 너무 뻔한 은유를 난 경멸했거든. 단지 그 시간에 그들은 다리 위에 있었고, 나는 다리 밑에 있었던 건데, 이건 취향이거나 우연일 뿐이라고 생각했지. 중요한 건 그 다리는 정말 외로웠고 아름다웠거든, 정말 그랬거든.

퇴폐주의 버스

　나는 버스의 퇴폐주의를 찬양해. 어떨 때 지하철은 바보 같거든. 정말이지 세련되기만 한 바보 같아. 하지만 버스는 히피 같지. 버스는 눈을 감고도 고가도로를 달리거든. 외줄을 타는 비장한 곡예사처럼, 그 앞에 단숨에 통과할 근심이 있는 것처럼, 적색 카펫이 깔린 것처럼, 그리고 자기가 세계의 중심이 되었다고 능청스레 떠벌리지. 흑막의 연무를 가르면서 나르시시즘을 음미하는 거야. 버스는 모든 길 위에 있는 퇴폐주의의 완성자. 사랑도 하지 않으면서 경적을 울려대지, 격렬하게 절정에 이를 때까지. 버스는 단순해서 고귀해. 그에 비하면 지하철은 멍청한 곰 같아. 지하철은 강철의 비지 덩어리처럼 온순해. 아무리 봐도 좀 빠르게 꿈틀대는 절지동물 같거든. 감정도 없이 열고 닫히는 옆구리의 문을 보면 내 겨드랑이가 다 가렵지. 버스는 퇴폐적이고 요사스럽지만 여전히 사랑하지 않을 수 없어. 지하철은 두 시까지 갈 테니 기다리라고 말하는 착한 남자친구, 사람을 약하게 하는 도덕적인 바보. 나는 어둠 속에서 구애하는 지하철보다 가끔 한강으로 장렬하게 낙하하는 파란 버스가 마음에 들어, 그 퇴폐적인 최후의 위용이.

창밖, 프로이트식으로 고찰한

창밖을 어떻게 처분할 것인가. 이 질문에 붙들린 자는 창 안쪽과 밖의 경계에서, 그 벼랑에서 헤어날 수 없다. 지상을 디딜 수 없는 발바닥이 간지러울 때, 순진무구한 눈동자로 창밖이 무엇인지 설명해 달라는 이들 사이에서 실오라기 하나 걸치지 않은 맨몸으로 하루 종일 서 있는 창백한 모멸에 대해서도 나는 할 말이 없다. 창밖은 소속이 없고 색과 형태도 가지지 않았다. 창밖의 역사 역시 기록된 적이 없다. 거기에서 북쪽으로 뻗은 붉은 길 하나가 나타났다가 사라지고, 상상 속에서 하룻밤의 사랑과 함께 악연이 잉태되고, 헤어진 아내와 죽은 아버지가 검은 차를 마시곤 한다. 창밖을 설명해줄 방법이 없으므로, 그것을 원하는 이들의 순진무구한 눈동자에 소금을 뿌릴 수는 더더욱 없으므로 마땅히 창밖은 처분되어야 한다. 싼값에 팔아넘기거나 아니면 즉결심판으로 처형하는 게 좋다. 야산에 매립하거나 소각하는 것도 좋다. 가능하다면 말이다. 불가능한 창밖이여, 피안이여, 내 안을 이미 통과해 나간 붉은 길이여, 내가 이제 너에게 몸을 띄우겠다. 창밖에 몸을 널어놓겠다.

토마토주의자

토마토주의자는 모든 감정에 토마토적인 감각을 집어넣는다. 슬픔과 외로움은 물론이고 심지어는 기쁨과 환희에도 토마토적인 감각을 넣는다. 토마토적인 감각은 식은 적막 두 스푼에 들끓는 연민 세 스푼 따위로 계량될 수 있는 게 아니다. 말하자면 토마토주의자는 모든 감정이 토마토와 무관해지는 걸 참지 못하는 사람이다. 이 세계가 반反토마토적인 분위기로 흘러가는 것을 견디지 못하는 것이다. 토마토의 처녀적인 쇄말성과 붉음을 전파해, 낡은 것의 고집불통을, 노인의 지혜를, 이성의 전체주의를 파괴하는 것이 토마토주의자의 정신이다. 토마토주의자는 당연히 토마토에 대해 매우 분명한 태도를 가지고 있는데, 토마토주의자의 토마토는 붉고 아름다운 감정에 충실해야 하지만 토마토주의자의 입술은 반드시 붉거나 아름다울 필요는 없다. 처음부터 완벽히 붉었던 것은 드물다.

군함과 돼지
-서사 전략에 있어서 기억의 욕망과 현실의 역습

전쟁이 끝났고 퇴역 장교들은 화물선으로 개조한 군함에 돼지를 실어 지방 도시에 내다 팔았다. 전쟁 중일 때 조금도 용맹스럽지 않았던 그들은 전쟁이 끝나고 돼지들 앞에서 비로소 사나워졌다. 그들은 강력한 적이 고마웠다. 적이 약하기라도 해 병사들이 전의를 다질까 봐 그들은 전전긍긍했다. 그들은 결국 패배하는 데 성공했다. 군함이었던 배에 실린 검은 돼지들은 수병들이 쓰던 침실에 스무 마리씩 나뉘어 실렸다. 리타 헤이워드를 몹시도 좋아하던 수병 하나는 전역을 하고 리타 헤이워드를 조금도 닮지 않은 간호조무사와 가정을 꾸렸다. 그가 엎드려 연인에게 편지를 쓰던 자리에서 검은 돼지가 방만한 모습으로 똥과 오줌을 싸질렀다. 이런 사실을 모르는 그는 아내의 도톰한 입술과 그녀가 해주는 해물 요리를 좋아할 뿐이다. 이 정직하고 운이 좋은 병사는 무용담을 들려달라고 조르는 조카에게 '죽지 않고 전쟁이 끝난 게 중요할 뿐이야'라고 말했다. 죽은 자들의 얼굴은 빨리 잊는 게 좋다는 말도 덧붙였다. 돼지들은 인간이 치르는 전쟁을 알 리 없고, 바다의 생리, 이를테면 파도나 썰물 같은 것도 알지 못했다. 그러니까 바다의 거룩한 신경질과 과도한 겸허 같은 것들 말이다. 군함이었던 배에 실린 돼지들은 멀게는 500마일을 항해해 지방 도시의 육가공업자들에게 팔렸다. 돼지를 실은 배는 항구에 도착하기 전 군함이었던 사실을 잊어야 했다. 포연에 그을린 자국은 돼지들이 지린 오줌으로 덮여졌다. 전쟁에서 이겼다면 돼지가 군함을 타는 일 따위는 일어나지 않았을 것이다. 뱃전에 부딪치는 파도는 살아남은 자들의 숭고한 비겁을 쓸고 가까이 왔다가 멀어지길 반복했다. 불명예와 모욕을 군인들을 대신해 오물처럼 뒤집어쓴 돼지들은 배가 흔들릴 때마다 꽥꽥거렸다. 그들은 모두 남김없이 절멸할 것이고 퇴역한 장교들은 그 절멸을 딛고 지상에 새길 수 없는 이름들을 부를 것이다. 과연 누가 살아남았는지를 여기 와서 보라고.

토요일의 태도

이를테면 토요일에 대한 얘기를 해보려는 것이다
토요일은 사람들에게 저마다의
태도를 요구한다 먼저,
토요일이 오면 집에 가야지, 아내와 아이들이 기다리는
집에 가야지, 라고 말하는, 공장에서 합숙 중인
사내들이 있다 예상했겠지만
그들의 욕망에 대해
집은 아무런 반응을 하지 않는다
이것이 그럴듯한 이야기가 되기 위해선
사내들이 돌아갈 집이 불타버린 것을, 사내들만
몰라야 한다
토요일엔 소파를 팔 거야, 밥은 안 하고,
새로 산 청바지를 입고, 가스를 흡입하고 죽을 거야,
라고 말하는
우울한 채무자들도 있다
그들은 호시탐탐 토요일을 모독할 기회만을 노리고 있다
요양원의 노인들 이야길 안 할 수 없는 게, 그들은
잘 토라지기 때문이다
노인들은 토요일 아침이면
어둡고 자신 없는 얼굴로 자신을 찾아올 생각이

눈곱만큼도 없는 아들과 딸을 기다린다

그럼으로써 기꺼이

토요일을 얄궂은 가해자로 만든다

토요일은 자신이 토요일인 것에 대해 한 번도 자부심을
가진 적이 없다

도심의 식당과 영화관에 가득

들어찬 사람들의 텅 빈 폭소는

잠시 잊는 것이 좋다

이것도 그럴듯한 이야기가 되기 위해선 일단 모종의
치밀한 비관이 필요하다

이건 토요일의 계획이면서 윤리이기도 하다

아무도 몰래 희망적인 것을 유인해서 살해하고
유기하는 관행 역시

토요일이 오랫동안 지켜온 것인데

지붕 없는 렌터카처럼

지붕 없는 렌터카처럼

지붕 없는 렌터카처럼

토요일의 자존심은 심란하고 불편하다

야구장으로 주말 경기를 보러 들어간 사람 중 평균

서른세 명가량이 야구장 밖으로

다시 나오지 않는다고 한다
그들이 어디로 사라졌는지는 토요일만 안다
빛나는 파울볼이 되었을지도, 아마도.

그리운 비행기

희망도 없이
절망도 없이
비행기가 날아간다
동쪽에서
심장 쪽으로
글쎄 도대체 당신이 하고 싶은 말이 뭐냐고
큰 목소리로 전화통화를 하는
사내의 머리 위로
거대한 비행기가
날아간다
초등학교에서
보건소 쪽으로
그건 네 생각이야
우리에게 미래가 어딨어
전화통화를 하는
사내의 목소리가
조금 작아진다
비행기는 심장 쪽에서
침묵 방향으로
기수를 돌린다

날개가 힘차게
바람을 가르자
걸인의 머리칼이 날린다
저 비행기는
추락과 착륙의 차이를
잘 이해하고 있는 것 같다
추락은
단 한 번에 완성해야 한다는 것을
구멍 뚫린 심장이
지나간 비행기의 체온을
그리워하는 동안
두 번째 비행기가
천천히
날아온다

송가

내가 꼭 잠긴 계절을 힘들게 열었을 때 열린 계절 속에 복숭아 두 개와 폴란드식 농담, 그리고 급행열 차의 기적소리, 노래를 부르고 떠난 가수의 그림자 가 찬바람 냄새를 훅 끼쳐왔지. 내가 열리지 않는 비 밀 앞에서 신음하며 울 때, 오래전 복숭아밭에 묻 힌 여자와 그를 사랑한 처마 밑의 남자, 곡괭이를 들 고 서 있던 남자가 황급히 눈을 떨어뜨렸지. 열린 문 틈으로 아름다운 공포가 태어나고, 사랑에 불이 붙 고, 의심과 적의가 태어나고, 의사는 높낮이 없는 목 소리로 어린 환자의 임종을 선언하지. 그런데 말이 야, 닫힌 문 앞에서는 아무것도 할 수 있는 게 없네. 성실하고 아름다운 일이라고 알려진 일들, 그러니까 복숭아밭에 거름을 주어도, 개의 털을 깎아주어도 그냥 쓸쓸하기만 하지. 문과 침묵의 약속처럼.

일관성이 없다는 일관성

스승이 말했다
너에게는 일관성이 없어
스승의 옆에서는 미녀들이 담배를 피우고 있었다
스승은 늘 미녀를 좋아했다
그건 스승의 잘못은 아니다
스승이 말했다
너에게는 깊이가 없어
짙은 안개가 걷히면서
스승의 옆에서 깊은 슬픔 같은 것이
열심히 달아나는 것이 보였다
권태라든가
연민 같은 것도 달아나고 있었다
미녀들만이 달아나지 않았다
어떤 과감한 미녀는 스승의
손가락을 핥았다
스승은 미녀들의 입술에
술을 부으면서 말했다
넌 일관성이 있어야 해
스승은 미녀의 엉덩이를 핥으며 말했다
넌 깊이를 알아야 해

나는 스승의 미녀들 앞에서
무릎을 꿇고 스승의 얘기를 듣고 있었다
나는 내 목소리를 듣고 싶었다
스승은 말하는 것을 허락하지 않았으므로
나는 목소리가 아직 내게 남아 있는지 없는지
알 수 없었다
나는 다만 내 목소리를 듣고 싶었다
그래서 힘껏 말했다
내게는 일관성이 없다는 일관성이 있어요
내게는 깊이가 있다는 깊이가 있어요
스승의 미녀들이 깔깔깔 웃었고
스승의 얼굴은 잠깐 붉어졌다

두 개의 바퀴가 있는 밤의 산책

K가 창밖이 완전히 어두워진 것을 확인하고 나서야 집 밖으로 나왔던 것은 자신의 서사에 타인의 비밀이 예고도 없이 끼어들었다는 느낌을 받았기 때문이다. 그는 자주 가는 산책 코스 대신 처음 가보는 골목에 들어섰다. 모든 골목에는 그 골목이 키운 주정뱅이가 사는데 가로등 하나가 주정뱅이가 던진 돌멩이에 깨진 건 사흘 전의 일이다. K가 더듬더듬 백일흔여덟 발자국쯤 걸었을 때, 보름 전 주인이 스스로 목숨을 끊은 자전거와 마주쳤다. 자전거는 골목의 전신주에 느슨한 체인으로 묶여 있었다. 이제 그 체인을 풀어줄 사람은 논리적으로, 수학적으로 존재하지 않는다. K는 자전거를 유심히 살피면서 자전거가 아직 주인을 잃었다는 것을 알지 못한다는 걸 알았다. 자전거는 언제쯤 자신의 주인이 숨과 살을 버린 걸 알게 될까. K는 차갑게 묶인 두 개의 바퀴를 가진 사물의 불행을 한눈에 알아보고 슬픔에 치를 떤다. 버린 사람은 있어도 버려진 밤은 없다. 잊으라, 스스로 삶을 버린 이로부터 버림받은 모든 사물의 미래여. K는 어둠 속에서 두 개의 바퀴를 더듬는다. 자전거의 바큇살은 한여름에도 썩지 않는 살이다.

그렇고 그런

우리는 그렇고 그런 세계의 그렇고 그런 환자들, 그렇고 그런 골목에서 그렇고 그런 공을 차는 아이들이나 협박하고, 그렇고 그런 얼룩말처럼 우리는 그렇고 그런 생식기를 통해, 우리는 그렇고 그런 세계의 그렇고 그런 창문을 열고, 그렇고 그런 얼굴을 내밀었지, 그렇고 그런 이름을 하나씩 선물 받고, 그렇고 그런 기린 그림처럼 모두 다 그렇고 그런 돼지처럼, (돼지들은 다 똑같이 생겼지, 라고 말하는 자의 자만과 나태함을 어떻게 징벌하지?) 제발 그렇고 그런 말 좀 그만하라는 그렇고 그런 명령에 저항하고, 그렇고 그런 걸음걸이와, 그렇고 그런 신경질과, 그렇고 그런 불안이나 황홀, 그렇고 그런 상실과 관대함, 그렇고 그런 자부심과 용서, 그렇고 그런 명예와 약속, 그렇고 그런 배신과 동경과는 조금도 상관없이, 우리는 그렇고 그런 화장실에 줄을 서고, 그렇고 그런 거짓말로 그렇고 그런 장례식장에서 조문을 하고, 그렇고 그런 미망인의 환심을 사고, 그렇고 그런 의자처럼, (모든 의자들은 똑같이 생겼지, 라고 말하는 자의 무지와 긍지를 어떻게 징벌하지?) 그렇고 그런 두 눈을 뜨고, 그렇고 그런 사형수를 위로하고, 그렇고 그런 구두를 고르고, 그렇고 그런 크

로켓을 먹으며 그렇고 그런 그런지록을 들으며, 우리
는 그렇고 그런 침묵과 열변으로, 그렇고 그런 세계의
견고함을 찬양하는, 그렇고 그런 환자들.

파라노이아

어느 날 술잔을 비운 아버지가 내게 말했지 노인이 되면 열등감에서 해방돼 자기 자신이 마음에 안 들면 언제든지 자신을 죽여버리면 되니까 그 말이 맞든지 틀리든지 봄이 오면 칼과 밧줄을 사기로 했지 웃지도 않고 심각하게 말하는 자들을 모조리 살해할 거야 내가 당신들에게 허용하는 건 농담과 탈출에 대한 상상력뿐, 거룩한 혁명과 지루한 행복, 심지어 사소한 진실까지 모두 내쫓을 거야 봄이 오면 테이프와 마대 자루를 살 거야 너희는 상상하기 힘들겠지만 초식동물의 가죽을 벗겨 만든 소파에 엉덩이를 걸치고 자신이 얼마나 위대한지 침을 튀기며 설명하는 독재자에게 나는 누구보다 위험한 시민이 되어 나타날 거야 그의 총을 압수하고 바보 같은 놈이라고 조롱할 거야 열등감에서 이제 막 해방된 자의 자격으로.

이모에게

이모는 죽었을까 살았을까. 조숙했던 이모는 여학교에서 공부는 안 하고 자꾸 귓불만 만지며 죽음을 상상했다더군. 교실에선 왜 이리 시간이 안 가는 걸까. 빈혈 때문에 앉아 쉬던 미루나무 아래서는 사랑을 하고 싶고. 종교도 없고 근심도 없는 이모는 언제나 생머리였고 노래 솜씨는 별로였지. 사랑을 한다면 반드시 미루나무 아래에 서야만 해야 한다고 생각했어. 남자들이 교문 앞에서 이모를 기다릴 때 이모의 종아리는 늘 가늘었는데. 엄마와 조용히 입을 막고 웃으며 수상한 얘길 나누곤 했어.

고급아파트에 살던 이모는 화장품을 팔러 다닌다고 했어. 그곳엔 신발장에 숨겨둔 남자 구두와 일본어 하급반 교과서, 엄마가 권한 성경책이 있었지. 이모는 엄마의 불안한 동생, 나는 이모가 나를 안을 때 눈을 쳐다보지 않았지. 이모가 일본 남자를 따라 일본으로 건너간 이후, 나는 바다의 기분이 늘 궁금했어. 소식 끊긴 지 10년도 넘은 이모는 죽었을까 살아 있을까. 사실은 나 자신에 대해서도 같은 말을 하고 싶지만 나는 이모가 죽었다고 함부로 상상만 하네. 이모와 나는 살고 싶은 이들이 아니었거든.

저녁과 굴뚝이

이를테면
저녁과
굴뚝이,
그리고
미끄럼틀이
자기 자신의 기원을 찾으려고 노력하듯이
나는 내가 잘 아는 세계의 주인이 되고 싶다
내가 잘 모르는 일과는
무관하고 싶다
나는 내가 알 수 없는 말이
내 안의 텅빈 길을 시끄럽게 통과하는 걸
바라지 않는다
거기서
연기나 엉덩이가 미끄러져
그을음이 남는
흔적을 탐내지 않는다
나는 그냥 나를 선택하고
나에게로 온 비관이나
무언가를 태운
검은 허기

그리고 당신의 기쁨이

정확하게 내 한가운데를 빠르게 지나가기만을

바랄 뿐이다

저녁과

굴뚝이

그리고 미끄럼틀이 처음에는 그렇게 했듯이

미련이라는 얼룩이 끼기 전에

종적은 찾을 수 없이

의문

　빈번하게 나는 잠에서 잠깐씩 깨어 나의 무릎이나 팔꿈치 같은 데를 만지면서 나는 왜 없어지지 않는 것인지 의문을 품을 때가 있다. 머리맡의 컵을 들어 물을 마시면, 그 물이 안전하게 입속의 구멍으로 들어가서 새 나오지 않는다. 나는 물주머니처럼 놓여 있는 것이다. 그리하여 나는 왜 없어지지 않는가. 아무것도 보이지 않는 암흑 속에서 그 의문은 꼬리에 푸른 불이 붙은 새처럼 허공을 날아다닌다. 이불을 차버린 발과 이마의 식은땀은 내가 없어지지 않았다는 걸 알려주는 반갑지 않은 증거인데, 당장 없어져도 전혀 이상할 게 없는 나를 누가 젖은 수건처럼 치워버릴 수 있는지 알고 싶은 것이다. 소리도 없이 없어지는 것들을 자주 동경한다. 눈을 감으면 어른거리다가 눈 뜨면 없어지는 오라기처럼. 물샐 틈 없는 물주머니가 아니라.

2

파업과 외설

가난의 족속

다정했지
죽어서도 사랑할 수 없을 때,
떠난 배가 잔잔한 바다에서
뒤집힐 때,
다정했지 우리는,
우연한 삶이
눈꺼풀로 가려지지 않을 때,
모르는 사람을
모르는 채로 보낼 때,
최후에도
기억나는 처음의 생애,
환한 농담처럼
다정했지 우리는,
그래서 너와 나는
회복되지 않는 죽음처럼
다정해서 서러운
가난의 족속

당신이 생각에 잠긴 사이

당신이 잠시 생각에 잠긴 사이, 저 세계로 건너뛰어야 할 심야의 횡단보도 나를 건너가고, 당신이 잠시 생각에 잠긴 사이, 목련꽃잎 난분분 창살을 할퀴며 바닥으로 떨어지고, 당신이 잠시 생각에 잠긴 사이, 대형교회의 목사는 우호적인 장로들을 규합하고, 당신이 잠시 생각에 잠긴 사이, 목마른 잠비아의 아이는 더 배가 고프고, 당신이 잠시 생각에 잠긴 사이, 땅속으로 들어가기 위해 흙을 파던 누군가 서러워 울고, 당신이 잠시 생각에 잠긴 사이, 줄기에 달린 토마토 붉은 향기를 제 안에 가두고, 당신이 잠시 생각에 잠긴 사이, 통치자의 편견은 더욱 단호해지고, 당신이 잠시 생각에 잠긴 사이, 누드모델의 배꼽엔 탐스러운 비듬이 피고, 당신이 잠시 생각에 잠긴 사이, 아무도 몰래 모은 자살자의 수면제는 서랍을 가득 채우고, 당신이 잠시 생각에 잠긴 그 사이, 고속버스는 뒤집히고 침대엔 불이 붙고, 당신이 잠시 생각에 잠긴 사이, 유서를 품은 어떤 청년 옥상 난간에 다리를 걸치고, 당신이 잠시 생각에 잠긴 사이, 마지막 남은 영화표 한 장이 맹인에게 팔려나가고, 당신이 잠시 생각에 잠긴 사이, 화물트럭은 새벽기도를 가는 노파의 몸을 밀쳐 쓰러뜨리고,

누군가는 말해야 한다

누군가는 말해야 한다
당신이 떠나고 있다고
분수대 옆에 누워 있던
아름다운 농담과 함께
주정뱅이와 함께
종소리와 함께
병원을 지나서 꽃집을 지나서
당신이 떠나고 있다고
무장한 군인들이
동요를 부르며 쫓아가도
붙잡을 수 없는 타인이 되어서
정육점을 지나서
문구점을 지나서
돌아오기 어려운 곳으로
당신이 떠나고 있다고
길가에 도열해 있던
노인들은 손뼉을 치고
경찰들은 햇빛 좋은 곳에서 방망이를 깎는데
목격자들은 언제나
가장 중요한 것만 기억하지 못해

당신이 뒤를 돌아보았을 때
꽃집 진열대의 화분 하나가
땅으로 떨어졌지
그리고 몇 명의 소녀들이
늦게까지 귀가하지 않았네
소녀의 부모들은 밤새 술을 마셨고
누군가는 말해야 한다
당신이 떠나고 있다고
농담과 종소리는 따라가는데
주정뱅이는 조금 뒤처졌다고

홍콩에 내리는 소나기

홍콩에 내리는 소나기는

엄마의 명랑이나

내 겨드랑이에 자라는 솜털처럼,

아직 한 번도

본 적 없는

무능한 상상력 같다

살인자가 죄를 피해

눈동자를 씻을 때,

홍콩 하늘에 먹장구름이 몰려든다

홍콩에 내리는 소나기는

왈츠처럼 가볍고

늙어가는 엄마처럼

무섭고

기차처럼 빠르다

홍콩에 내리는 소나기는

바나나처럼 바나나처럼

진부하며

여름밤의 노래처럼

사소해서

근심과 농담 사이에서

자주자주 쏟아진다

바나나들

바나나는 바나나의 성격이 싫다. 바나나의 미래에 바나나는 투자하지 않는다. 바나나는 바나나의 무관심을 견딜 수 없다. 바나나는 바나나의 변덕과 바나나의 신경질 앞에서 속수무책이다. 바나나는 바나나가 아닌 순간의 바나나를 늘 상상하지만 바나나가 바나나가 아닌 적은 단 한 번도 없다. 바나나는 바나나들과 바나나가 아닌 것들의 틈바구니에서 숨을 쉬지 못한다. 바나나는 바나나가 슬프다. 바나나는 바나나의 열등감을 이해한다. 바나나는 바나나를 극복할 수 없다. 바나나는 바나나의 자부심을 비웃는다. 바나나는 바나나의 기품과 바나나의 욕망 앞에서 가장 바나나적인 태도를 생각한다. 바나나는 바나나로부터 늘 패배한다. 바나나는 바나나와 이별하지 못한다.

테니스 치는 여자

생일날 아침 여자가 테니스를 친다. 여자의 하얀색 스커트와 운동화는 붉은 진흙에 곧 더러워질 것이다. 사막 여행에서 돌아온 어느 날 여자는 모래가 묻은 사타구니를 씻지 않고 부드러운 솜이불 속으로 들어가 잠을 잔 적이 있다. 꿈속에서 밀과 보리밭 위로 바람이 불면 여자의 태만은 충분히 아름다울 수 있다. 노란색 테니스공만 가지고도 충분히 설명될 수 있는 삶이 있다. 공중을 가르던 테니스공이 네트에 걸려 떨어지자 여자는 입체적이었던 욕망을 빠르게 바닥에 눕혀 평면으로 만든다. 생일은 자신을 조롱하기에 가장 좋은 날이다. 여자에게는 찾아오는 친구나 사촌이 없다. 그것을 여자가 간절하게 바랐기 때문이다. 오늘은 그만할까요. 반대편 코트에 서 있는, 근육질의 테니스 강사에게 그녀가 말한다. 그는 늠름하고 예의가 바르다. 밀과 보리가 자라네, 밀과 보리가 자라네. 여자가 나직하게 콧노래를 부르기 시작한다. 생일날 아침이 마음에 든다는 뜻이다. 여자의 운동화와 스커트에는 붉은 진흙이 적당히 묻었다. 바닥에 떨어진 테니스공이 서너 번 통통 튀다가 멈춘다. 밀과 보리가 자라는 것은 누구든지 알지요.

파업과 외설

사내는 꿈꾸는 듯한 목소리로 파업을 하고 싶다고 말했다. 왼쪽에서는 푸른 바다가 찢어진 헝겊처럼 펄럭이고 있었고 사내 앞에서는 젊은 미망인이 자기 술잔에 술을 따르고 있었다. 파업을 하고 싶다고 말한 사내는, 주변 사람들의 증언에 의하면 지난 30년 동안 생산적인 일에 관여하지 않았다. 그가 주로 하는 일은 냄새나는 옷을 입고 공원 벤치에 누워 날아다니는 새들의 똥을 피하는 일이거나 일본풍의 인사말을 중얼거리는 것이었다. 새들의 똥은 위에서 아래로 낙하하는 게 분명한데, 외설의 미래는 불투명해 보였다. 불투명한 외설은 관계 당국의 외면 속에서 빠른 속도로 거룩해지고 있었다. 미망인은 파업하겠다는 사내의 말을 감명 깊게 들었다. 미망인은 사내의 잔에도 자꾸 술을 따랐다. 사내의 파업 결심은 확고해 보였다. 그러니까 그는 이름도 모르는 새의 똥을 피하는 일 따위는 이제 다시는 하고 싶지 않은 듯했다. 미망인은 펄럭이는 푸른 바다를 손가락으로 가리켰다. 사내는 냄새 나는 옷을 벗고 바다를 향해 뛰어가기 시작했다. 외설의 미래가, 가능성이 잠깐 꿈틀거렸다.

노르웨이 고등어

누군가 오늘 저녁 노르웨이 고등어를 구워 먹었다고 말했다. 노르웨이와 고등어는 사실 어울리지 않아. 노르웨이와 어울리는 건 침엽수림과 얼음벽 같은 말들, 그리고 거대한 일각고래와 털장화. 노르웨이와 고등어는 서로 어울리지 않는 말이므로 노르웨이 고등어가 어떤 고등어인지 생각하지 않는 것은 불가능하다. 불에 데인 손으로 딸기를 만지는 것만큼이나 말야. 노르웨이 고등어는 어떤 고등어일까. 노르웨이 사람이 잡은 고등어가 노르웨이 고등어일까. 아니면 노르웨이 사람이 노르웨이 앞바다에서 잡은 고등어를 노르웨이 고등어라고 하는 걸까. 그렇다면 한국 사람이 노르웨이에 가서 잡은 고등어는 노르웨이 고등어인가 한국 고등어인가. 노르웨이 어부가 한국의 바다에서 잡은 고등어는 노르웨이 고등어인가 아닌가. 이런 생각들 말야. 노르웨이 고등어 노르웨이 고등어 노르웨이 고등어 북쪽으로 가는 길을 장악한 고등어의 자부심을 깡통에 처넣고 싶어.

윌리엄 포크너식으로 소설을 시작한다면

  그는 자신의 이름을 셰이머스 프랙티건이라고 밝혔다. 그리고 담담한 목소리로 자신의 아내 이름은 마리아 페레스이고, 재즈 가수였으며 3년 전 교통사고로 죽었다고 말했다. 그의 뒤통수에서 백열등이 반짝이고 있었으므로 역광 때문에 그의 얼굴을 제대로 볼 수 없었다. 내가 있는 자리에서는 그의 얼굴은 다만 까만 얼룩에 지나지 않았다. 이것은 결과적으로 어떤 사람의 인상을, 이름이나 목소리가 가지고 있는 어떤 어감이나 리듬감으로만 기억하게 만들어버리는 것이다. 시간이 얼마 지나지 않아 밝혀진 사실이지만, 그의 머리통을 단지 까만 얼룩으로 보이게끔 만들어버린 것은 백열등의 역광만이 아니었다. 그의 명쾌하지 않은 구질구질한 목소리와 그가 들려주는 불편한 이야기들이 모두 까만 얼룩을 그럴듯하게 뒷받침하는 것이었다. 이쪽에서 묻지 않았는데도 자신이 먼저 이름이나 우울한 개인사를 밝히는 이는 아마도 지독하게 자신 감에 차 있는 사람이거나 그 반대로 죽을 만큼 내성적인 사람일 거라고 나는 생각했다. 그는 에스프레소 커피 한 잔과 위스키 스트레이트를 주문하더니 그것이 나오자마자 위스키를 커피잔에 부어버렸다. 그러고는 그 잔을 코앞에 바짝 갖다 대고는 오랫동안 냄새를 맡았다. 나는 언젠가의 공연에서 조지 해리슨이 에릭 클랩튼의 연주에 맞춰, While my guitar gently weeps를 부르는 것을 떠올리면서 그 곡조를 흥얼거렸다. 꽤 많은 시간이 흘러 내가 이 장면을 떠올릴 때마다 분명하게 말할 수 있는 것은 그가 커피와 위스키를 섞은 칵테일 냄새를 큼큼거리며 맡는 것과 내가 조지 해리슨의 히트곡을 흥얼거리는 것이, 정말이지 어느 한쪽으로도 기울어지지 않고 기가 막힐 정도로 팽팽한 균형감과 긴장감을 자아냈다는 것이다. 큼큼거리거나 흥얼거리는 것, 바야흐로 생활이 아닌 것들이 팽팽히 맞서고 있었다. 까만 얼룩의 얼굴을 가진 셰이머스 프랙티건. 나는 나중에 내가 홀로 있는 시간을 경외하게 되었을 때, 내가 이 세계에 태어나던 시간과 그가 이 세계에서 퇴장을 맞이하는 시간을 동시에 상상하면서 그와 내가 가장 가까이 밀착해 있던 미지의 시간을 내 앞에 가만히 불러내보곤 하였다. 나는 그의 삶을 확인하지 않았고 확인할 수 없었다. 다시 말해 나는 그의 삶을 확인하지 않고 내 삶을 먼저 마쳤다.

여자친구와 오리

　내가 예전에 만났던 여자친구는 오리를 참 좋아했다. 오리를 닮은 모든 것들, 그러니까 오리스러운 것들과 오리다운 것들, 오리의 울음소리 같은 것들 말이다. 오리 말고도 그녀가 좋아하는 다른 것이 물론 있었을 것이다. 이건 그냥 내 짐작이지만 노을이나 갈대 같은 것들도 좋아하지 않았을 리 없다. 멈춰버린 강원도의 기차들도. 하지만 그녀는 오리에 집중했고 오리의 흰 털과 노란 부리가 기적 같은 거라고 말한 적이 있다. 거대한 오리 풍선을 보러 사람들이 호수로 몰려들던 때였다. 사람들은 사실 갈 데가 없었다. 오리는 물 위에 떠 있고 잃어버린 사랑은 처마 밑에서 울고 있었다. 사람들은 팔을 쭉 뻗어 자기 얼굴 사진을 찍었다. 그것만이 구원인 것처럼. 내 가슴에서 이글거리던 불꽃은 끝내 한 번도 터진 적 없는데 오리는 더러운 하천에도 있고 위생적으로 진공포장된 비닐봉지 안에도 있었다. 오리를 좋아했던 여자친구는 내가 만난 사람 중에 제일 착했다고 할 수 있다. 오리가 흰색과 노란색을 물속에 헹구지 않는 것처럼 말이다. 그래서 나는 여자친구를 만질 수 없었다. 믿지 않아도 좋지만 그때 내 손은 검었거든. 만지지 않는 대신 술을 먹고 실없는 농담을 자주 했는데 얼마 안 있어 그녀는 먼 나라로 전출을 자처해 떠났다. 해외 지사 근무를 하면 월급을 더 많이 받을 수 있다고 말한 건 그녀의 친구들이었다. 나는 그녀가 남겨두고 간 오리들을 오랫동안 생각했다. 그게 아니면 달리 할 일이 없었다. 팔을 쭉 뻗어 얼굴 사진을 찍는 것도 지루해졌으니까. 차라리 오리를 생각하는 것이 좋았다. 조롱의 대상이 된 부리나 날개가 보내오는 신호들을 읽고 하품처럼 귀여운 오리의 알들을 상상했다. 어쩌면 오리는 가장 흰 것의 절정인데 나는 사랑을 만지지 못한 손이 조금 부끄러웠다. 자르지도 못한 오리의 발처럼, 오리발처럼 내 손이 노랗게 물들어 있을 때 여자친구가 다른 사람을 만나기 시작했다는 소식이 들려왔다. 나는 오리가 꺼져가는 연탄불처럼 그립고 안타까웠다.

4월의 노래

아무 이유 없이
지나간 사람이 보고 싶어서
그래서 4월이다
자부심을 버린 처녀들이
팔소매를 걷어서
그래서 4월이다
늙고 외로운 걸인이
오랜만에
공중화장실 거울 앞에서 얼굴을 씻어서
그래서 4월이다
어린 고라니가 새순 냄새를 맡고
발뒤꿈치를 들어서
그래서 4월이다
취객이 기도하고
신앙을 버린 자가 술을 마셔서
그래서 4월이다
아무래도 4월이다
꽃을 사랑한
사람이 순식간에

꽃이 되어서
그래서 4월이다

빨강코에 대한 소박한 보고서

이것은
어려운 보고서도 아니고
대단한 보고서도 아니다
거리마다
빨강코를 한 주정뱅이들이
가늘게 눈을 뜨고
태양보다 뜨거운
시선을 견디고 있는 것에 대한
이야기다
빨강코는 바코드다
도살된 돼지의 피부에 스민
푸른 도장처럼
빨강코는 오랫동안 준비된
단순명쾌한 낙인이다
빨강코가 되지 않기 위해
사람들은 열심히
사전을 습득해
고급한 단어들을 외운다
예를 들면 와인의 이름 같은 거
오케스트라의 배열 같은 거

혹은 로마노프 왕조의 승계 순서를
빨강코가 되는 순간
돌이킬 수 없는 종이 울린다는 걸
그 종소리에
머리를 흠씬 두들겨 맞는다는 걸
빨강코들은 안다
그래서 빨강코들은
빨강코만을 사랑한다
그래서 빨강코들은
빨강코만을 경멸한다
빨강코의 세계는 견고하다
빨강코가 아니고서는
이 세계에 그 누구라도
한 발짝도 들여놓을 수 없으니까
반쯤 농담을 섞어서 말하면
빨강코는 되고 싶다고
누구나 되는 것도 아니다
빨강코는 오랫동안
슬픔과 반역의 서사를
제 몸에 새긴 이들이

가까스로 얼굴 한가운데 얻은
별빛 같은 것이다

닫힌 방, 악마와 선한 신

여긴 닫힌 방이야
악마와 선하다고 알려진 신들이
설계한 방이야
교황들의 허벅지살로 만든 베이컨을
씹으며
전설에서 추방당한 노인들이
수염으로 밧줄을 꼬지
모든 나무의 씨앗이
이글거리는 벽난로 속에 던져진
여긴 닫힌 방이야,
한쪽에선
죄수들이 판옥선을 만들어
선한 신들과 거래를 하네
매캐한 유황불과
신체 없는 촛불과
붉은 바람들이
얇은 창문을 사이에 두고
닫힌 방을 희롱하지
여긴 닫힌 방,
선하다고 알려진 신들이

악마와 동침한 방이야,
사랑의 소식이 전해지지 않은,
신호등과 쇠톱과 줄자가
걸려 있는 방,
정육면체와 교차로와 사각형,
오직 직선으로만
감정이 설계된,
가장 완벽하게 닫힌 거룩한 방이야.

* 장 폴 사르트르의 희곡 작품. 「닫힌 방」은 "타인은 지옥"이라는 유
명된 명제가 삽입된 작품이다.

내 사랑은

내 사랑은 떨어지면서
허물어지는 눈,
눈의 희미한 빛
그립다고 말할 때,
몸마디의 뼈들이 들고 일어나 엉키는
내 사랑은,
비상하지 못하는 새의
열등감,
내게로 온 사랑은,
이가 부딪혀 깨지는
격렬하지만 위험한
키스처럼
내 사랑은
허물어지는 눈의 그림자
추락하면서 회복되는
내 사랑은
골목길 외등 밑에 버려진
헌책처럼 서러운 기록
긴 그림자를 끌고

서둘러 잠을 청하는 내 사랑은,
썩은 홍시처럼 달콤했던 피로

나의 프랑스 시인 자크 프레베르는

나의 프랑스 시인
자크 프레베르는
움푹한 눈을
가지고 있네,
보았던 것을 잘 담을 수
있는 그런 눈,
내가 나의 프랑스 시인
자크 프레베르라고 이름을 부를 때,
열등생들이 조금 울컥하거나
말해야 하는 것을
잊는 것을,
가난한 사람들이
조금 더 오랫동안
가난 속에 잠겨
통속적인 기쁨을 버리길 바라고,
푸른 근심 속에서 침묵하길 바라는 것을,
나의 프랑스 시인
자크 프레베르는
움푹한 눈으로
바라보네,

그 눈으로 보지 않아도
되는 것을,
내가 나의 프랑스 시인
자크 프레베르라고
부를 때의
어떤 특별한 마음을,
눈동자의 환희를,
불안의 꽃봉오리를,
꽃집에서 꽃을
품고 쓰러지는
연인의 발작 같은
위태로움을,
아직도 지키고 있네,
나의 프랑스 시인
자크 프레베르는.

불안에 대한 사적 견해

불안은 서쪽이
고향이라고 쓴다
간이역에 맡겨둔 세월을
찾으러 내일 아침
떠나겠다고 말하는 이의
습관은 불안이라고 쓴다
노숙인의 갈라 터진 맨발을
바라보는 일과
오랫동안 아무도 사랑하지 않았다는
자책의 미래는
불안이라고 쓴다
슬픔은 종종 불안보다
불완전하다
다시 그 불안의 고향은
서쪽이라고 쓴다
서쪽에서 불어오는 바람의 향기는
너와 내가 처음 손잡았던
순간의 목소리라고 쓴다
해가 지는 서쪽이
평생 키운

불안은 폭군이라고 쓴다
내 잘못은 불안의
황태자로 태어난 것뿐이다
서역을 지배한 폭군의
아들로서 나는
불안의 절정을 겨우 쓴다.

처서 창밖

처서 창밖에는
처서 이후가
있었지
아프기 싫어서
사랑하지 못했다는
엉망진창인 마음도
있었지
길고 긴 이전의
미래와 그 후로
오래 키운
바람의 근심을
보았지
놓아버린 손과
붙잡고 싶은
손이 있었지
더운 빗물이
식을 때
함부로 떨어뜨린
눈동자들이
유리창을 두드렸지

저기 처서
창밖에는 다만
처서 이후가
있었지

고독에 대해서 말해야 한다면

고독에 대해서
말해야
한다면 이렇게
고독을 말하는 것이
피할 수 없는
일이라면
가늘고 어둡게
이렇게
고독은
구름처럼
있다가도 없는 것
내가 볼 때도
있고
안 볼 때도
있는 구름처럼
내가 볼 때도 없고
안 볼 때도 없는
구름처럼
고독은 나 없이도
있고 내가 있어도

없는 것
구름을 가져오는
문법으로
이렇게 말해두는 것
어려우면 안 되는 것

3
사촌과 고독

여름의 노래

여름이었어
네가 영영 떠난 곳,
너의 새로운 유형지,
우물이 있고
기름진 오해가 있고
유서를 쓰는
마음이 있었어
휴가를 나간
군인들은 귀대하지 않았어
여름이었어
두부와
전갱이가 조금씩
썩어가는,
몇 년째 아기가 태어나지 않는
여름이었어
소문도 없고
진실도 없었어
더러운 강아지가
한적한 놀이터에서
노인들의

발가락을 핥는
가장 순결한 힘이
자라는
여름이었어
아스타포보역*처럼
거기가 나의 절명지였어.

* 말년을 길에서 떠돌다가 죽어야겠다고 결심한 톨스토이가 쓰러
진 시골 간이역.

여름에 고양이에 대해 몇 마디 쓰다

예전에 길에서 사는 고양이들을 매일 볼 기회가 있었어. 믿을 수 없이 날렵하고 부드러운 몸짓은 경탄을 자아내기 충분했지. 동네 사람 중에는 고양이를 좋아하는 이도 있고 싫어하는 이도 있었지. 그건 여름을 좋아하는 사람이 있고 싫어하는 사람이 있는 것과 똑같은 거야. 그러니까 어디에서나 일어나는 일. 소음과 먼지처럼 흔한 일. 길고양이들의 일과는 사람들을 조심하면서 피하는 것이었어. 그러면서 먹을 걸 찾아야해. 고양이 입장에서 생각해봐, 누가 좋은 사람이고 누가 나쁜 사람인지 분간하기는 매우 어려운 일이야. 그래서 일단 사람은 피하는 것이 안전하다는 걸 배운 거야. 너도 알지만 좋았던 사람이 나빠지기도 하잖아. 바닷가의 날씨가 그런 것처럼. 웃던 사람이 우는 것처럼, 뛰던 사람이 주저앉기도 하는 것처럼. 그런데 몇 날 며칠 계속 길고양이를 보다 보니까, 한 가지 매우 아름답고 신기한 것을 발견했어. 고양이들은 가끔 주정뱅이나 아이들의 해코지를 피해 재빠르게 달아나기도 하거든. 정말 정신이 없을 정도로 튀는 테니스공처럼 말이야. 그런데, 그렇게 급박하게 움직이면서도 이 골목 곳곳에 놓인 꽃들을 해치지는 않더라구. 화단을 자기 구

76

역으로 삼은 일인자 고양이도 자기 뺨을 간질이는 꽃잎을 그냥 내버려 두는 거야. 내가 모든 고양이를 관찰한 건 아니지만 내 눈으로 고양이가 꽃을 해치는 경우는 여태 한 번도 못 봤어. 그러니까 내 말이 틀리지는 않을 거야. 사람은 누구나 여름 전체를 묘사하긴 어려워. 자기가 겪은 여름만을 말할 뿐이야. 어렸을 때 말야. 시골집 마당의 수탉이 꽃잎을 쪼는 것을 본 적이 있는데, 고양이는 아름다워서 배가 고플까. 고양이를 자주 관찰하고 고양이 생각을 종종 하게 되던 그즈음의 어느 밤, 나는 이런 장면을 상상해보았어. 어떤 고양이 한 마리가 명백히 자신을 위협하고 해치려는 주정뱅이의 발길질을 피해 달아나다가 그만 베고니아 화분 하나를 쓰러뜨린 거야. 일어나지 않아야 할 일이 일어난 거지. 큰 여름과 작은 가을 사이에. 베고니아꽃은 화분과 함께 생이 쏟아졌어. 그런데 이상하게 꼭 이런 생각이 드는 거야, 바로 다음 날, 고양이는 자신이 본의 아니게 쓰러뜨린 베고니아 화분을 다시 보러 찾아오리라는 것을. 살금살금 그 아름다운 폐허 앞에 고요하게 당도하리라는 것을.

편견에 의하면

내 편견에 의하면, 밤하늘의 별은 가슴 속에 파묻혀 자라는 장기의 일종이고, 고양이는 동물의 이름을 가리키는 명사가 아닌 동사의 어근이야. 따라서 해부학 교실에서는 필히 밤하늘의 별을 다뤄야 하고, 국어학자들은 '고양이하다'라는 동사의 기본형을 국어사전에 등재해야 한다고. 오케이?

이별을 위한 모놀로그 또는

응, 뭐, 그렇지, 아니, 그건 아니고, 내가 뭘, 나도 힘들어, 그래, 그게 맞지, 어? 아니 아니, 그게 아니라니깐, 네가 잘못 알고 있어, 응, 그래 그렇다고, 내가 몇 번이나 말했니, 응, 알았어, 뭐? 아 정말, 넌 늘 그랬지, 내가 뭘, 정말 계속 이럴 거니, 응, 내가 잘했다는 게 아니고, 응, 그래, 나도 미안하지, 응, 아, 그건 오해였어, 응, 그건 내 말을 믿어줘, 그래, 이게 도대체 몇 번째야, 뭐라고, 그래, 그래, 알았어, 알았다고, 지친다, 지쳤다고, 너도 지쳤겠지, 그래 생각나지, 내가 그걸 어떻게 잊겠니, 사는 게 사치야, 그래 그만하자, 미안해.

건조주의보

크리스와 메리는
호숫가에 앉아 있었지.
저만큼 그들로부터
서른 발자국쯤 떨어진 벤치에는
다리 한쪽을 잃은 상이군인이
앉아 있었고.
크리스가 메리에게 말했어.
턱짓으로 상이군인의 벤치를 가리키며,
그는 어쩌다가 다리를 잃었을까.
눈동자를 잃을 수도 있는데,
기억을 잃을 수도 있는데,
그가 잃은 것은 다리야.
메리가 대답했어.
샌드위치가 너무 말랐어.
올여름엔 비가 잘 안 오네,
어제 내 동생은 지붕에서 떨어질 뻔했어.
너는 나를 좋아하니?
상이군인은 그들의 대화를 듣지 못하고
꾸벅꾸벅 졸고 있었지,
남은 한쪽 다리에게 불침번을 세우고.

크리스가 메리에게 키스하려고
얼굴을 기울일 때,
그의 불편한 졸음을
전 우주가 견디고 있었지.

고도를 기다리며

저기 고도가 간다. 아내와 헤어져서, 가족으로부터 벗어나서 저기 고도가 간다. 앙투안도 아니고 조세프도 아니고 리홍도 아닌 고도가, 고도여야만 하는 사람이 가고 있다. 누가 그의 비밀을 경배하는가. 그의 눈동자가 품은 이상과 분노, 비장함과 열정, 그리고 그가 걸어가는 길의 고도高度에 대해 누가 무엇을 알고 있는가. 조금 아는 자는 오래전에 죽었고 모르는 자들이 지키는 세계만이 융성하다. 저기 고도가 간다. 늙은 정원사가 고도가 가는 길을 본다. 창을 반쯤만 열고 고도의 뒷모습을 본다. 저기 고도가 간다. 빵 반쪽을 먹고 무거운 신발을 끌면서 저기 고도가, 고도로부터 난 길을 간다. 저기 고도가 산비둘기처럼 등에 화살을 달고 가고 있다. 잘 울지도 않고 빠르지도 않게 생을 산책했던 자, 저기 고도가 간다. 고도가 가고 있다.

부릉부릉

당신을 기다리는 동안
꽃들이 부릉부릉 소리를 내며 피었지
꽃 속에 장착된 엔진의
다정한 울음소리
새가 꽃에게 측량할 수 없는
속도로 날아갈 때,
침묵은 사랑이라는 단어가 적히지 않은
봉함엽서처럼 당도하고
보이지 않고 말할 수 없는 것들 사이로
홀연히 걸어 들어간
당신의 달콤한 허기와 피로를
아무도 몰래 따라가지
그리고 어느 골목에서
눈처럼 내려온 꽃 한 송이와 마주치네
당신을 기다리는 동안
꽃들이 부릉부릉 소리를 내며 피었지
그 울음 속에 눅진한 향기가 고일 때,
새는 날개를 단련시키고
나는 당신과 어느 가난하고 높은
가로등 아래에서 나눌

미래의 밀어를 미리 적어두네
그 기적의 가능성, 그 기적의 윤리를,
당신은 나일지도 몰라서.

오월이고 열여덟째 날에는

열일곱 여고생이
달콤한 롤리팝을 입에 물고
청보리밭 사이로 뛰어가며
푸른 생을 찬미하기에는
어쩐지 미안한,
막 스무 살 된 여자애가
때마침 피어난
장미꽃을 앞가슴에 품고
남자친구와 혀를 내밀어 키스를 하기에는
어쩐지 미안한,
서른여덟이나 아홉쯤 젊은 아빠가
초등학교에 막 들어간 아이의 머리를 쓰다듬으며
테마파크 입장 티켓을 끊기에는
어쩐지 미안한,
마흔여섯 승진한 사무원이
오랜만에 동창을 만나 시원한 생맥주를 마시고
차를 바꾼 얘기를 하기에는
어쩐지 미안한,
예순셋 은퇴한 가장이
고향의 부모에게 용돈을 보내고

정기 건강검진 예약을 하기에는
어쩐지 미안한,
모두에게 그런 날이, 살아 있는 보람이
기울어서 무거워지는 날이
하루쯤 정말 하루쯤 있어야겠다면
그것은 오월이고 열여덟째 날.

이국종 염소에게

염소야,
어젯밤 어떤 시인이 많이 아팠어,
시인은 흉흉한 소문을 들었고
몸이 몇 갈래로 찢어졌어,
그리고 눈동자를
모래밭 위에 던졌지.
이국종 염소야,
너는 비명을 지르기 위해
나의 풀밭에 수입되었어.
적막을 사유화한
나의 비겁을 대신하기 위해.
내가 너를 풀밭에서 추방하면,
넌 배를 갈린 채
영양이 불충분한 요양원의
노인들에게 식사로 제공될 거야,
염소야,
네가 대신 질러준
비명을 잊지 않을게.
눌린 자국이 있는 풀밭과,
네가 당한 신성모독도.

사촌과 고독

　나는 사촌들이 마음에 들지 않았다. 사촌들은 내가 하는 말을 알아듣지 못했고, 나는 그들이 자주 쓰는 말투나 몸에 밴 습속을 좋아하지 않았다. 사실 이것은 슬픈 일도 아니고 뿌듯한 일도 아니다. 이것은 그냥 나에게 일어난 일이다. 어쨌거나 마음에 드는 사촌을 가지지 못한 나는 언젠가부터 그럴듯한 사촌을 동경하게 되었다. 믿음직한 사촌이 하나 있어, 그의 튼튼한 팔과 다리로 경영하는 농장이나 식당 같은 것이 있으면 좋겠다고 생각했다. 그렇다면 나는 사촌의 농장에 놀러 가서 농장에 있을 법한 것들을 구경하는 것이다. 예컨대 거대한 트랙터의 바퀴나 건초더미들 말이다. 만약 그 농장이 염소를 기르는 농장이라면 염소의 턱을 간질이며 그의 절대적인 울음소리를 듣는 것이다. 식당을 하는 성실하지만 무능한 사촌도 상상한다. 나는 식당의 가장 구석진 테이블에 앉아서 식객을 맞는 사촌의 태도를 관찰하는 것이다. 주방 한쪽에 가득 쌓인 속살이 하얀 양파 더미를 넋을 잃고 바라보기도 하면서. 내겐 마음에 드는 사촌이 없다. 그래서 사촌들은 내 고독을 돕는다. 나 역시 그들에게 마음에 들지 않는 사촌일 것이다. 우리는 말이 통하지 않아서 사촌이라는 사실이 불편하다.

이것은 슬픈 일도 아니고 뿌듯한 일도 아니다. 이것은
봄과 여름과 가을과 겨울에 늘 일어나는 일이다.

나의 개

나의 개에 대해 말해볼까
이름과 체온을 가졌던
나의 개에 대해
질투도 하고 인내심도 형편없었던
작은 개에 대해서 말야
내 개는 그렇고 그런 개였어
그런데 그것이 개의 최선이었고
이데아였어
그렇고 그런 것 이상을 바라서는
안 된다는 걸,
훌륭하거나 고상하면
반칙이라는 걸 개는 본능적으로
깨달았던 거지
마음껏 침도 흘리고
주인 앞에 드러누워
기꺼이 얼룩 배를 보여주는 것이
가장 개다운 삶이란 걸
나의 개는 그냥 알아버린 거야
벽에 오줌도 칠하면서
눈곱이 말라붙어도

나의 개는 늘 옳았지
한 번도 개답지 않은 적이 없었던
그렇고 그런 것이
개가 도달할 수 있는 가장 높은 긍지,
그 외에 다른 걸 욕망해선 안 된다는 걸
그렇고 그런 개 같은
나의 개는 보여주었어
보고 싶구나, 나의
가장 사랑스러워서 형편없던 개
시력을 잃고 고요 속에서 두 겹의 눈을 감은 개

극장 안의 관객과 극장 밖의 관객

극장을 나온
젊은 사내, 죽으려고
죽기만 하려고
다른 건 할 생각이
조금도 없고
오직 죽기만 해보려고
자신의 풍족하지 않은
모더니티와
발전이라곤 없는 농담이 못마땅해
죽는 게 좋겠다고
단단히 마음을 먹고
극장을 막 나온 젊은 사내가
꽃집과
국숫집을 지나
독일약국에 들어갔는데
사내에겐
빨간색으로 머리칼을
물들이고
록밴드의 보컬을
죽도록 쫓아다닌

불성실한
여자친구가 있었고
길고양이를 수집하는
어머니가 있고
아버지는
폭력적인 관료였는데
그는 그것들로부터
힘껏 도망쳐
극장으로 피신했던 것인데
영화는 죽음보다
환하고 지루해서
슬픔을 지울 길이 없고
유령 같은 관객이
사타구니께로 손을 뻗어올 때
기차처럼 빠르게
극장을 뛰쳐나온 사내는
죽으려고
다른 욕심은 없고
죽기만 해보려고
붉은 해가 떨어지는

지독하게도
모더니티가 희박한
개성 없는 도시 한낮의 차도를
가로질러
꽃집을 지나서
국숫집을 지나서
약국을 들어간 것인데,
호기심 가득한 누군가가
이 모든 것을
이토록 사소한 시퀀스를
극장의 옥상에서 관찰하고는
'극장을 나온
젊은 사내, 죽으려고'
첫 두 줄을 쓰기 시작한 것인데
극장에서 약국까지가
그의 시선이 닿은 절벽이었지.

가능한 사치와 불가능한 꿈

따뜻하지만 가볍지 않고, 건전하지만 예리하고, 깊으면서도 겸손하고, 적당한 침묵과 자랑하지 않을 만큼의 학식을 가진, 그러나 어둠 속에 오래 숨을 줄도 알고, 넉넉한 소유를 민망해할 줄도 아는, 떼 지어 시끄럽게 다니지 않고, 상처와 궁핍을 전시하지도 않는, 그런 드문 사람들과 숲속의 풀밭 위에서 드럼통에 불을 피워놓고 둘러앉아, 아주 천천히 독한 술을 마시면서, 지나온 생애와, 다가올 미래의 불안과, 불안 속에 섞인 희망과, 나눌 만한 근심과, 은밀히 예측되는 소멸에 대한 이야기들을 나누고 싶다. 그들은 각자 헤어져서는 차갑고 맑은 글을 쓸 것이다. 모인 자리에 늦게 오는 자는 맑은 술이 든 유리병을 들고 오면 좋겠다. 음악도 있으면 좋겠지. 그리고, 그 이외에는 모든 정물, 정물의 운명처럼 움직이지 않았으면 좋겠다. 누군가는 이야기를 시작해야 한다. 그 이야기는, 가족을 추억하는 것도, 실책에 대한 반성도 아니었으면 좋겠다. 희망도 아니었으면 좋겠다. 예컨대 '베니스 행 티켓을 끊고 싶어', '그 사람은 장관직에서 물러나야 해' 같은 말을 하는 자는 불 속에 던져질 것이다. 단지 정신의 욕망만을 말하는 것이다. 헤어져서 쓰는 글처럼 차가운 욕망을 둘러앉아서, 움직이지 않고 격하지 않게 말하는 것이다. 그리고 그 창백한 얼음처럼 날카로운 욕망들이 얼마나 고요하게 말하여질 수 있는가를 넉넉하게 바라보는 것이다. 바흐나 슈만의 음악을 들으며, 아니면 아일랜드 같은 슬픈 나라의 민요를 들으며 향기로운 술을 마시고 모든 이슈와 루머를 차단하는 것이다. 마그리뜨 뒤라스처럼 늙어도 추하지 않을, 그를 아름답게 만드는 젊은 애인처럼, 우리는 누군가를 설레게 하는, 설레는 사람의 친구가 되어야 한다. 이것이 내가 꿈꾸는 불가능이다. 불가능을 꿈꾸는 것은 가장 가능한 정신의 사치라는 걸 안다.

러시아 남자

-시를 위한 초고

20세기 초엽 러시아에서는, 용감한 남자들은 모두 전쟁에 나가 죽고, 똑똑한 남자들은 죄다 혁명에 가담했다가 죽어서, 살아남은 남자는 반푼이 취급을 받았다고 하는데, 그런데 나는, 언젠가부터 그 손가락질 당하고 경멸받았을 러시아 남자의 영혼이 몹시도 궁금한 것이었는데, 훔치고 싶을 정도로 궁금했던 것인데, 용기도 없고 똑똑하지도 못하고, 숫기도 없고 총기는 더욱 없어서 자꾸 아래로만 눈을 내리깔고, 처녀들 앞에서 얼굴이 붉어져서, 그 붉어진 낯을 보드카로 달구는 러시아 남자의 저녁이, 추위에 광대뼈가 깎이고, 알렉세이니 세르게이니 같은 말로 시작하는, 길고 긴 이름을 숨기는 데 급급한, 야망도 없고, 참을성도 없는, 러시아 남자의 가난한 영혼이 정말 애틋했던 것이었는데, 한 번 크게 숨 쉬지도 못하고, 시베리아 가득 침엽수림에 내려앉은 서리처럼 얼지도 못하고 끓지도 못하는 슬라브 민요나 흥얼거리는, 백야를 한숨으로 나더니, 마흔 살쯤 되어서 간을 앓다가 소문 없이 죽고 마는, 반푼이 같은 러시아 남자, 살얼음 낀 그의 삶을 가리켜 훌륭했다 말할 수

는 없겠지마는, 그렇기는 하다마는 그 누구의 삶도
모독하지 않은 채 죽었다는 점에서 사실 그는, 가장
러시아적인, 가장 혁명적인 사내였다고.

법도에 대하여
-지상최고의스님

  아무렴, 법을 구하는 훌륭한 스님들은 참 많지. 많구
말구, 그런데 내가 절에 가서 만나고 싶은 스님은 이런
스님이여. 법랍은 얼추 50년쯤 되었고 세수는 70세쯤
된 스님인데 총기가 다소 부족해 불경을 영 못 외우는
거여. 성정이 원체 수줍어 말도 살짝 더듬구. 참을성이
부족해 하안거 같은 수행도 끝까지 할 줄 모른다지. 자
연히 절에서 천덕꾸러기 신세로 전락하면서 나이만 자
꾸자꾸 먹는 거여. 그래도 세속은 무서워서 산 밑으론
안 내려간다지. 스님이 잘할 줄 아는 게 하나 있으니 그
건 절 마당을 빗자루로 쓰는 일이여. 하여튼 비질 하나
만은 끝내주게 한다지. 따르는 상좌는 한 명 없구, 비질
을 배우려는 젊은 스님이 있을 턱이 없잖여. 오히려 젊
은 스님들이 대놓고 무시해도 스님은 실실 웃는 거여.
그러곤 뒷방에서 보살에게 몰래 얻은 떡을 먹다가 목이
메혀 죽는 거지. 컥컥, 아무도 몰래 죽는 거여. 이런 스
님 어디 없을까, 법력은 눈곱만큼도 없는.

실용적인 공구들과 개의 심장

누구나 사랑하며 살고
또 누구나 죽는 것을 알아도,
그래도 그렇지
불행한 개들이 있다는 걸
잊지 말아야지
하루에도
수십 번, 자기 이름을
불러주던 사람이,
냄새와 목소리까지도 참 좋았던
단 하나뿐이었던 사람이
어느 날 죽어버렸을 때,
아무것도 하고 싶은 게
없는 개는
마음을 잃어버리고
다리가 풀려서
쭈그리고 잠을 청하는데,
그 잠이 올 리가 없다
정, 말뚝, 호치키스, 스패너, 드라이버, 제초기, 엔드밀,
삼지창, 삽, 포크레인, 톱날, 송곳, 커터, 그라인더, 홀쏘,
드릴비트, 메스, 드릴척, 해머드릴, 나이프, 드레샤.

개로서는 한번도
들어보지 못한,
상상을 해본 적도 없는,
후벼파고, 깎고, 찌르고, 자르는 데 쓰이는 온갖
날카롭고 거친 공구들이
심장을 건드리면서
그 소박한 잠마저 방해하는 것인데,
하루에도
수십 번, 자기 이름을
불러주던 냄새 좋은 사람이
어느 날 죽어버렸을 때,
개의 심장이 어떠할지에 대해서는
이제 아무도 상상해서는 아니 될 것,
함부로 말하지도 말 것,
저 눈치 없이 무례한 공구들이
다 지나간 심장을 안고
개는 쪼그리고 잠을 자는데,
그냥 잠만 자고 있는 것 같은데.

회복기의 노래

옛날 노래를 부르고
달팽이를 먹자
달팽이의 배경은
파란 하늘과
역행하는 증기 기관차
은퇴한 군인들이
성장한 딸 앞에서 수줍어하는 동안
유행가는 계속되어야 한다
제법 웃기는 소문난 노인들과
먼 곳에서 돌아온 자도
초대하자
우울증엔 젤리가 좋아요
구름과 노을의 성격 차이를
완벽히 이해했던
삼촌의 부고가 당도하고
여름은 이상할 정도로
서늘한데
접시에서 탈출하는
달팽이 한 마리
그리고 이곳은 온통

나와 너희들의
병든 세계를 지배한 백치들

다행

역류하듯
증기 기관차를 타고
전쟁에서 살아 돌아온
군인 하나는
부쩍 성장한 딸의 관능이 불편하다
붉은 조명 아래
식탁 앞에 앉아
반듯이 수저를 놓으며 그가
흐린 눈길을 바로잡는 사이
늙은 가수가 TV에 나와
옛날 노래를 부르고 있다
그리고 안개처럼 다가온
아내가 두부찌개를 상에 올린다
식사를 마치면 무성영화 속
배우들처럼 딸과 아내는
서둘러 외출할 것이다
그 앞에는 당분간
적이 나타나지 않을 것이다
모두가 다행이다
살아 돌아온 것만 빼면 말이다

상형문자

바닥과 **체리**는
틀림없는 상형문자,
생김새를
그대로 그려놓은 문자.

누군가
울고 싶었던 사람
바다를 향해
숨 한번 크게 쉬고
ㄱ자 부메랑을
던졌네.
부메랑은 되돌아오지 못하고
바다에 떨어져
ㄱ자 받침이 되었거든.
그때부터 바다 밑을
바닥이라고
부르게 되었어.

고양이 톰에게 늘
쫓기던 생쥐 제리를

하나님은 긍휼히 여겼어.
그래서 제리에게
작고 달콤한
과일 하나를 던졌는데
그게 그만
제리 머리 위에
떨어진 거야.
그때부터 사람들은
그 과일을
체리라고 불렀네.

4
창고와 나

창고와 나

사타구니에 성가신 꽃이 피는
사춘기 무렵
아버지는 마당 한 켠에 창고를 만들었어
거기에 쓸모는 없지만
버릴 수 없는 것들을
넣어두겠다는 거야
그래서 내가 들어갔어
쓸모없다고 느껴질 때마다
창고 문을 열었어
기꺼이 안쪽에서 문을 잠그고
옛날 책과 녹슨 자전거 사이에서
서툴고 급하게 수음을 했어
달콤했던 창고를 내가 탐닉할 때
식구들은 티비를 보거나 밥을 먹었어
아, 어머니는 언제나 기도 중이었고
형은 기타를 치는데
눈이 오더니 봄도 왔어
아버지는 형과 나를 가끔 창고에 가두는
벌을 주었어
형은 어땠는지 모르지만

나는 그 벌을 좋아했어
나의 죄를 잊을 만큼
나의 죄를 사랑할 만큼
창고에서는 곰팡내와
종이 냄새,
삽과 톱날의 냄새가 났어
살의와 참회의 냄새라고 생각하고
홍시를 담아두었던 사기그릇
안쪽에 심장을 넣어두었어
평소엔 필요 없으니
쓸모 있을 때 꺼내 쓰려고 했지
옛날 식물도감 갈피에
넣어둔 포르노 배우의 사진은
아무에게도 들키지 않은 걸까
창고는 외롭고 서러운 안식처,
삿된 예배의 생산지,
아니, 나의 따뜻한 무덤
돌아가서 누우면 사기그릇 속
심장이 쏟아질까
창고는 모든 걸 목격하고도

입을 꼭 다무네
사춘기,
창고를 사랑하지 않는 건 불가능했어

이걸 봐

이걸 봐

이걸 보란 말야

말하는 입술이

닫히는 것을

무릎을 핥는 혀를

굴뚝이 연기의 손끝을 놓치는 것을

소름이 비명에 앞지르는 것을

연약하고

부드러운 것들아

숨어라 숨어라 붙잡히지 말고

보이지 않는 집을

내 심장에 지어라

코로나, 봄날

아파서 대문을 못 열고
며칠 유심히 보니 우리 집에
세 종류의 새가 날아온다는 걸 알았지.
조류를 공부한 적 없는 나는
그 새들의 이름을 알지 못해.
새들은 마당에 있는 단풍나무 가지 사이를 분주히 오가고
어떤 새는 내 창문 옆 베란다에 앉기도 하더군.
창백한 사내가 유리 안쪽에서 자기들을 보고 있는 것을
아는 것 같기도 하고
모르는 것 같기도 해.
나는 그것을 영영 알 수 없을 거야.
그 새는 붙잡을 수 없는,
붙잡고 물어볼 수 없는 외계니까.
어떤 사람에게는
세 가지의 근심이 오고
어떤 사람에게는
세 가지의 절망이 올 수도 있는데,
나에게 오는 건 세 가지의 새야.
이 행운은 얼마나 거대한 것인가.
어떤 사람에게는 세 명의 적이 생길 수도 있고

어떤 사람에게는

풀어야 할 세 가지 오해가 생길 수도 있어.

그런데 내게는 세 가지의 새가

그러니까 이름은 정확히 모르지만 근심이나 절망,

적이나 오해가 아닌 것만큼은 분명한,

어떤 작게 나는 것이

오는 거야,

오고 있는 거야.

눈과 나비의 기억

나는 우연히 기억이 30퍼센트 할인 판매되고 있다는 사실을 알았다. 전단지는 신문의 A섹션과 B섹션 사이에 끼어 있었다. 눈이 오고 나비들이 눈을 뚫으며 수직으로 상승하기 시작했다. 자동차 바퀴에 대해서 정비사는 6주짜리 다이어트를 권고한다. 기억이 할인 판매 되는 동안 백화점 수입 화장품 코너를 구경하던 열두 살짜리 소녀가 초경을 맞았다. 촛농처럼 흘러내린, 피 냄새가 채 가시지 않은 기억이 수많은 사람에게 팔려나갔다. 흥정도 없이 카트에 담겨졌다. 하늘 높이 솟구쳤던 나비들이 곧 눈보다 빠르게 지상으로 하강하기 시작했다. 나비들의 매스게임은 현란하다. 눈은 훈련된 나비를 따라잡지 못했다. 신문들이 아프리카코끼리의 귀처럼 펄럭인다. 전단지들이 구둣발에 짓밟힌 채 백화점 매장 입구에 뒹군다. 판매된 기억이 전자레인지에서 해동될 때쯤이면, 눈발이 조금쯤은 수그러들 것이다.

혈통

뚝뚝 비가 듣는 날,
막달라 마리아 같은 여자로부터
구원받고 싶어 하던,
아버지,
그의 느린 발걸음과 반곱슬머리,
머리 위에 일렁이는
욕망을 이고 가듯
엉거주춤하던
어떤 흐린 저녁 떠오른다
그는 본다,
상처를 관리하지 못하는 사람이었고,
그만큼 순정적이었지만,
그 무엇도
따라잡지 못하는
소극적인 발걸음을 가지고 있어,
비가 오면
불어난 개울물처럼 쿨럭거리며
술이나 마셨지
술을 마신 다음 날은
속쓰림 때문인지

부끄러움 때문인지,
하루 종일 해가 지지 않는
바깥에 나가지도 않고,
누가 부르면 자는 척이나 하며
어려운 암산을 하고,
돌아누워 스스로를
책망하는 것인데,
서얼인 당신의 피를 물려받은
나는 알 수 없이 불안해져서
눈동자 사이를 왔다 갔다 하며,
그가 원하는
저녁의 색깔이 내려주길
바랄 뿐이었지.
사랑은 단풍처럼 물들었다가
지는 것,
한때 그가 기다렸던
사랑이 간 후에
흐린 하늘이 짙어지는 이치를
떠올리는 것인데,
아, 아버지

사랑이 가고 난 다음
흐린 하늘이 서러우면
당신은 빗물이 되나요.
당신을 떼어놓고 꽃으로 진
애비의 작은 각시를 기다리나요
막달라 마리아 같은 여자로부터
구원받고 싶어 하던,
어이없는 아버지,
그의 느린 걸음이 지워지는
흐린 날의 적막을,
나는 머리에 이고
사무친 무엇처럼 노려보고만 있는,
지금은 단단히 부서지는 저녁이다
부서져서 당도하는 저녁이다

우리들의 금요일

금요일 오후 다섯 시는 시간이 아니라 모호하면서
도 치명적인 지명 같아. 고용되어 월급을 받는 남자
들은 동료들과 동병상련의 술잔을 기울일지 첫사랑
을 호명하며 거리를 헤맬지 아니면 사표를 낼지 결정
해야 하고, 세뇌당한 주부들은 프라이팬에 반듯하게
자른 두부를 부치거나 양파를 까야 하는 시간이니까.
아, 그뿐 아니야. 살의를 품은 자는 핏빛 석양을 바라
보며 오늘 밤 야음을 틈탈 수 있을지 자신이 깎은 칼
날이 얼마나 번쩍이는지 살펴야 하고, 비관에 젖은 젊
은 시인은 약병을 만지며 자신의 남은 생애를 더하거
나 빼야 하는 시간이니까. 아, 또 있지. 고독과 허영에
절은 사내들을 맞을 홍등가의 여자들은 입술에 바를
색깔과 스커트의 길이를 결정해야 하고, 나처럼 권태
로운 사람은 부르지 않을 때 오는 고양이처럼 대답이
없어서 완성되는 것들에 대한 어지러운 소문을 듣는
시간이니까. 이것은, 우리 자신이 이미 알고 있는 것
처럼 아무도 아무에게 알려주지 않은 거야. 오로지 그
자신이 그 자신에게 약속하고 속삭일 뿐. 금요일 오후
다섯 시, 모호하면서도 치명적인 어떤 지명 속으로.

연애론

 당신은 지금 연애를 만나고 있다. 당신의 연애는
육식성이고 산보와 일광욕을 좋아한다. 연애의 나이
와 고향에 대해서는 알려진 바가 없다. 연애는 예외
없이 폭력적이라고 믿는 당신은, 그래서 당신의 연
애가 종종 두렵다. 당신의 생각은 틀리지 않다. 모든
연애는 불합리라는 풍속에서 태어나 그 풍속이 권장
한 대로 움직인다. 연애가 합리를 얻는 순간은 연애
가 끝나는 순간, 즉 연애가 깨질 때뿐이다. 이 사실
을 모르는 이는 연애의 전선에 참전할 수 없다. 연애
를 합리적인 것이라고 믿는 사람들의 태도가 연애의
독재와 독선을 만든다. 그러나 당신은 알고 있다. 연
애는 결코 합리적일 수 없다는 것을. 그리고 연애가
탄생할 때 당신의 세계가 몰락할 수밖에 없다는 것
을. 연애는 몰락하는 세계의 소개疏開를 촉진하는 불
의 근원이다. 다시 말하면 몰락하는 한 세계의 핍진
과 완전하게 대응하는 것이 연애의 전략인 것이다.
당신이 만약 당신의 세계를 사수하고 몰락을 피하
고 싶다면 당신은 서둘러 연애를 대리석 상자 안에
넣고 봉해야만 한다. 당연히 연애는 격렬하게 저항
할 것이다. 하지만 조금도 당황할 필요는 없다. 시간

과 불화하는 연애의 치명적인 약점을 떠올리면서 침착하게 대응하기만 하면 당신의 연애는 충분히 진압될 수 있다. 그에 앞서 당신은 연애를 진압의 대상이라고 상상할 수 있는가. 이것은 간단치 않은 문제다. 당신은 '나는 연애를 진압하고자 하는가'라는 질문을 가져야 한다. 질문은 어디서든 필요하다. 질문은 불합리와 합리 사이의 폐쇄회로를 읽는 유일한 마법이기 때문이다. 다행히 시간은 당신 편이다. 시간이 지날수록 연애의 입술은 거북 등껍질처럼 마르고 연애의 심장 역시 서서히 식어간다. 다시 말해 당신은 조금도 불리할 게 없다. 마침내 연애는 벽돌처럼 단단한 표정으로 비장하고 엄숙하게 당신을 향해 몸을 던질 것이다. 그것은 모든 불합리한 것들이 최후에 선택하는 방법이다. 산산조각이 나도 좋다는 몰락에 대한 절대적 외경. 그것이 바로 불합리한 연애의 신앙이다. 당신은 그때 비로소 세계의 중심으로 들어가야 한다. 두 발을 중심의 상단에 올려놓고 당신의 생애를 똑바로 쳐다봐야 한다. 그런 다음 아주 정성껏 기민하고 섬세한 손길로 연애의 심장을 도려내어 당신의 두 손으로 받쳐 들고 전무후무한 최후를 집

행하는 것이다. 연애의 사체를 운구하는 것 역시 시간의 소관이니, 당신은 아무것도 상관 말라. 당신은 이미 불합리와 투쟁했던 치열한 영혼을 가진 연애의 위대한 경험자이다.

설경의 탄생

눈동자가 설레도록

빼어난 풍경을

절경이라고 하잖아

그런데 절경 위에 함박눈이

펄펄 내리기 시작한 거야

그 순간 누군가 힘겹게

절경의 상판 '一'를 치워버린 거야

그랬더니 절경이

설경이 되더라구

가설

　'K시에는 내가 사랑하는 사람이 살고 있다.' 이 진술은 거짓말일 수도 있고, 진실일 수도 있다. 나는 이 말이 진실이라고 주장할 수도 있고 거짓말이라고 고백할 수도 있고, 아니면 상상일 뿐이라고 건성으로 말할 수도 있다. 만약 K시에 내가 사랑하는 사람이 살고 있지 않다면, 이 말이 진실이라고 주장하는 방법은 아주 간단하다. 나는 지금 이 순간부터 K시에 사는 어떤 사람을 사랑하기 시작하면 된다. 만약, 내가 사랑하는 사람이 K시에 살고 있는 것이 맞는데, 내가 이 말을 거짓말이라고 고백하기를 원한다면 나는 그 사람에 대한 사랑을 지금 이 순간 멈추면 된다. 만약, 내가 사랑하는 사람이 K시에 살고 있다는 말이 진실도 아니고 거짓말도 아니길 바란다면, 나는 K시 시청에 관제엽서 한 통을 보낼 것이다. 'K시에는 내가 사랑하는 사람이 살다가 죽었다.'

실연

너는 가고 나는 남았다

길은 없고 지팡이만 세워져 있는 것처럼

무심한 강물과

잘 날던 가벼운 새들,

강물에 비쳤던 세계들이

비명을 지르며 자꾸 지워진다

눈이 부시게 지워지는 길의 흔적

황소의 발자국만 남은 길

너는 가고

나는 남았으나

눈이 부셔서 나는 이제 더 이상

이곳에서 못 살겠다

더 이상 나의 죽음을

너의 부재와 못 바꾸겠다

말세, 둥근 해가 떴습니다

둥근 해가 떴습니다
고향과 나이를 알 수 없는 소녀가
침대에서 일어나
뾰족한 피리를 불었습니다
침대 옆 협탁에는
빈 술병 두어 개 뒹굴고
둥근 해가 떴습니다 자리에서 일어나서
아름다운 아침을
맞이하기 전
한 번도 이름 불리지 못한 사람들의
겁에 질린 눈동자와
뾰족한 피리로 불러오는 둥근
해의 근심을
당신들에게 알려주어야 합니다
왜 그토록 오랫동안
골목이 어둠과 동맹하며
칼칼한 뼈를 키운 건지 당신들이
알아야 하기 때문입니다
소녀의 손가락은 골목이 키운 뼈로
만든 피리,

둥근 해를 부릅니다
둥근 해에겐 과거가 없습니다

처음 부른 노래

불을 먹은 기억이 없다. 너는 30분 늦었고, 머리칼은 젖어 있다. 나는 너를 가질 수 없다고 말했다. 너는 눈이 커졌고 나는 C에서 보낸 여름을 생각한다. 너를 만난 처음의 순간이 기억나지 않는다. 기억나지 않는 밤이 지나가는 동안 허리가 아프다. 너는 말하지 않고 내 앞에 서 있다. 네가 태어나서 처음 부른 노래는 무엇인가. 나는 나 자신을 위로하기 위해 기도를 한다. 너는 분홍색 가방을 메고 있다. 구름이 지나간다. 구름은 카운팅할 수 없다. 구름을 몇 개라고 말할 수 있나. 대여섯 개의 구름을 본 적이 있나. 쥐들이 사라지고 보름 후에 개미들이 사라졌다. 나는 너의 빨간 눈이 마음에 들지 않는다. 술집이 문을 닫을 때까지 정적을 주문한다. 어젯밤 어디에서 잤는지 말하지 않겠다. 비로소 너의 이름이 궁금하다. 내가 아직까지 너의 이름을 알지 못하는 것을 너는 슬퍼한다. 지나가는 것들이 잠깐 멈추고 나를 바라본다. 너는 30분 늦었고, 젖어 있던 머리칼은 말랐다. 네가 이생에서 마지막 부를 노래는 무엇인가. 물처럼 마시려고 술을 사온다. 목이 마르고 잠은 오지 않는다. 뚜껑을 열고 알약의 냄새를 맡아본다. 너는 말하지 않고 내 앞에 서 있다. 무얼 하고 싶어? 네가 힘겹게 묻지만 나는 대답하지 않는다. 너는 손가락을 내 코끝에 대어본다. 너는 그냥 나만 보고 있어. 나만 만지고 있어.

파도

　어지럽고 차가운 바람이 낮게 움직이면서 바다의 무릎을 건드린다. 이 어리숙한 무릎은 지중해 연안에서 대량으로 수입되었다. 포도 씨앗을 뱉는 소녀들의 지루한 아침이 유리 속에 갇혀 표구된다. 물고기들의 길을 먹어치우는 천 개의 발굽이 바람 속에 숨어서 포복하며 여기로 오고 있다.

프로이트에게

당신은 빨간 모자를 쓰고 빨간 토마토소스가 뿌려진 스파게티를 먹는다 빨간 모자는 잠시 벗어놓아도 좋았다 당신의 모자는 아무도 모르게 웃으며 현대적인 풍속을 모독한다 후박나무 가지가 털어내는 기억, 달을 중심에 놓은 야경을 묘사하던 충혈된 눈에 눈물이 가득하다 물이 필요한 물고기가 손 안에 놓여 있다 나무가 꽃을 피우기 전에, 기억이 붉은 열매로 맺히기 전에 물고기를 물속으로 돌려보내야 한다 아니 손을 꼭 쥐어서 물고기로부터 물을 격리해야 한다 당신은 빨간 모자를 쓰고 입술을 닦고 빨간 불을 담배에 붙인다 당신은 빨간 벽돌을 해체하면서 기억의 중심 속으로 무심히 걸어간다 물고기가 죽은 척 움직이지 않는다

영면기 永眠記

보았네 경계만 보던 사람
모든 꿈과 꿈의 그림자
바람은 나직하게 불고 늑대는 높이 울었네
보았네 경계만 보던 사람
해가 저물고 날은 어두워 산천이 흐물흐물 사라지는 날
그 사람 보았네
모든
꿈과 꿈의
그림자
아버지 날 낳으시고 어머니 날 기르시는데,
석양은 왜 저리 눈부시고 달빛은 왜 저리 차가운가
경계에 눈물이 뚝뚝
저문 가슴이 무거운 날에
사람이 경계를 이루었네
경계를 보던 사람이 경계가 되었네
그 사람의 몸을 통과하여 경계는
사람이 되었네

신파, 혹은 신화 2

배경이될만한바람도없는안개낀차창밖에스마트폰을
만드는공장에다니는청년이있고그는이종사촌이자원입
대를하면서자기에게맡겨버린사촌의애인이었던여자에
게끊임없이꽃을꺾어다주더라결혼을약속한사랑했던애
인이백수광부가되어자원입대를하고나서초근목피로연
명해가던자원입대자의딸은애인의이종사촌이눈물어린
정성으로꽃을꺾어다주는것을미쁘게여겨다시곡기를들
었고화장을시작하더라이에스마트폰을만드는공장에다
니는청년은크게반가워서조석으로몸을바로하며검정고
시준비에만열중하였는데타관에서오랜만에돌아온그의
홀어머니는아들의변신이자못흐뭇하게만여겨지더라어
떤곳에이물이있고그이물은노란금빛이었다가거무튀튀
한돌이되었다가그리하여멀리가면금덩어리처럼보이고
가까이다가가면예의검은돌이고마는이물이앞뜰에뚝떨
어지는꿈을꾸었던자원입대자의아버지는그것이참척의
기운인가싶어크게상심하여동네편의점앞에서오후늦게
까지탁주를마시다가자리에서쓰러졌던것이었는데한번
쓰러진칠척거구는다시는일어나지못하더라동네장정여
남은명이그사체를움직여보려하였지만강괴처럼꿈쩍도
않으며나흘밤나흘낮을그대로있던사체는혹그의며느리

가되었을지도모르는자원입대자의딸이손을대고나서야
새털처럼가벼워지더라사랑했던남자친구의아버지가세
상을떠난것에크게낙담한나머지자원입대자의딸은다시
곡기를끊기로하고밝은색옷도입지않더라

대학로에서

꽃집의 꽃 말고는 꽃이 피지 않는 골목, 간밤의 소란을 햇살이 말끔하게 씻어 말리고 있다. 그 골목을 가만히 유리창 안쪽에서 바라보고 있으면 죽음을 통과해본 사람처럼 경건해지지 않을 수 없다. 이 골목에서는 어젯밤 구제불능의 전직 건달이 순애보를 시작했다는 소식이 들리고 삼류 연극배우가 자신의 재능을 알아주지 않는 극단주의 배에 칼을 꽂았다는 소식도 들린다. 아마도 그는 극단주를 열렬히 사모했을 것이다. 사람들의 화려한 육체는, 적막한 안개를 품으며 아직 감기지 못한 눈꺼풀 속에서 두 겹 세 겹으로 자욱하게 가라앉는다. 그리하여 나는 경건을 선택하기로 했다. 경건은 음란의 반의어가 아니라 죽음의 반의어라는 걸 믿는다. 나는 소리 없는 도보가, 그 위를 함부로 지나간 발자국들의 경박함에 대해 침묵으로, 오로지 침묵으로 저항하는 걸 보았다. 봄이 오는 이곳에 부산한 슬픔의 강이 흐른다.

자작극

나는 내가 촬영하는 문장의 주인공
연출이 통제되지 않는다
대본에 없는 낮술을 마시고
카메라를 든 형들에게 대든다
말을 듣지 않는 조수는
약에 취한 지 오래
나는 급하게 시퀀스를 바꾸고 싶지만
문장은 회색으로 굳어질 뿐
나는 아직 맘에 드는 여배우를
점찍지 못했다
나는 점점 더 지루해지는 문장의 주인공
의도와 다르고
의도하지 않은 풍문을 만든다
문장은 소모된 연료 찌꺼기를 줄줄
길바닥에 흘리는데
한 시간 뒤에 자신이
살해되는지도 모르는 조연은
문장에 창문을 낼 줄도 모르고
새장을 매달 줄도 모른다
내가 만드는 문장 위로는

외로운 여인 하나 못 지나갈 것이다
기차를 타고 오는
거룩한 비애는 더더욱 못 지나갈 것이다
내 문장은 철조망을 통과하지 못하는
심장이 약한 짐승
나는 내가 촬영하는 문장의 주인공
말을 듣지 않는 조수가
약에서 깨어나 나를 바라볼 때
위태로운 조명마저 꺼진다
이토록 어두운 시간이 돼서야
우리 모두는 문장 아래에서
이상한 위로를 받는다

물의 성전

　얼마 전 아버지가 익사했다는 여자를 안았다. 슬픈 표정을 짓지 않은 여자는 슬픔을 물병에 가둬 강에 던져버린 것 같았다. 내가 여자의 사타구니 사이에서 수초나 물이끼 같은 것을 찾아보았다면 그것은 지나치게 전형적이다. 나는 익사한 남자의 딸의 심연, 그 차오르는 수위가 궁금했을 뿐이다. 이생에서 마지막 숨을 몰아쉰 모든 사람은 바닥에 눕는다. 바닥에 누워 죽는다. 물속에서 죽은 이는 바닥에 누운 채로 죽지 않는다. 물속에 몸을 띄워놓고 바닥을 지운 뒤 한동안 몸을 펄럭이는 것이다. 그리고 손가락 사이로 빠져나가는 모래처럼 생을 천천히 가라앉힌다. 여자는 익사한 아버지를 갖게 되었다. 숨을 쉴 수 없는 막막한 수중에 쌓는 성전에 깊고 수상한 향기를 감출 수 있게 되었다. 그 향기가 독해질 때 수위는 범람하고 발견되지 않은 익사체들은 조금 움직인다. 익사자들은 그렇게 동맹한다.

러시아형식주의

열망의 역사를 고스란히 풀어내고자 하는 나의 욕망
위에 내 열망을 매도하고 음해하려는 또 다른 나의 반항
과 열망을 역사라는 이름으로 풀어내는 것은 아주 몰염
치한 짓이라고 생각하는 또 하나의 내 이반된 의식이 맞
부딪쳐 요란하고 기괴한 풍경을 만들어 내니 해가 지면
나는 소란스러워져, 거개의 모든 족벌의 참여자들-할아
버지와 아버지와 아버지의 할아버지와 할아버지의 다섯
번째 아들이 달려와서 귀를 열고 이 소리를 듣다가 경악
하고 분노할 만반의 준비를 하고 와서 듣다가 심드렁한
표정을 짓고 뿔뿔이 흩어졌지 흩어지는 짐승들 발부리
에서 먼지가 일었지. 온 대지를 가득 재우고도 남을 먼
지가 일어나니 목격자는 저것을 카오스의 증표로 삼아
도 좋았을 거야. 폭력의 난무와 축복의 은사는 크게 다
르지 않아 형벌을 받아 굽은 나무에 열린 설익은 과일만
이 굳게 가지를 잡고 가지를 무겁게 하고 가지를 늘어뜨
려 사람들은 가지 밑에 누워서 더위를 식히며 뜻하지 않
은 망상에 사로잡히고 불길한 예감과 저주스러운 치욕
의 기억들이 교차하며 머리를 지끈지끈 어지럽히는데
지하의 악령들은 뿔을 기르고 뿔을 기르면서 지상의 평
화를 더럽히려고 이제 막 지상 최대의 봉기를 서두르지.

그러니 생각해 보아라. 슬픔의 내력과 자기를 학대하는 마음과 다시 살고 싶은 마음과 죽어서도 이름을 못 버리는 마음을 포함하는 모든 열망의 뒷모습이 얼마나 허전하게 산 자의 등을 떠미는지를. 갱생의 유혹은 죽음보다 얼마나 찬란한지를. 그때 어떤 사람이 내게 이런 말을 하였지. 죄와 벌에 대하여 왜 그렇게 집착하느냐. 나는 죄를 지은 적이 없고 죄를 지었다고 고백하는 사람을 본 적이 없고 죄를 지은 적이 없어서 벌을 받아본 적이 없고 죄를 지었다고 고백하는 사람을 본 적이 없어서 그 사람에게 벌을 내리는 사람도 본 적이 없어서 죄를 아름답게 가꾸어야 할 화분에 꽂힌 꽃나무쯤으로 생각하지도 않으며 죄를 가슴 한쪽을 장식해야 할 관념과 자의식의 훈장쯤으로도 생각지 아니하며 죄는 죽은 사람들에게 헌정해야 할 고매한 고해성사의 주제도 아닌 것을 알며 죄는 뜬구름이며 죄는 헐렁한 구두이며 죄는 넘치는 물 한 모금 죄는 자유를 그리워할 때 자유를 그리워하는 내 자신이 그리울 때 잠깐 생각하게 되는 판타지, 죄는 생활의 잉여일 거라고 말을 했지. 죄는 잉여이므로 집착하지 않아도 집착하게 되는 시간의 주변이거나 탄성 같은 것이라고. 아하 서러워라 아무것도 고민하지 않고 아무엇도 사랑하지 않는 내가 그런 말을 하니까 비웃는 소리 해일처럼 멀리멀리 귓가에 밀려오고 나는 구름이나 보고 달이나 보고 내일의 날씨를 짐작하고 꺾어지지 않는 무거운 뼈를 생각하지 아니할 수가 없어서 속이 텅 빈 뼈를 가진 새를 얄미워하고 하늘의 길을 아는 새들의 비행을 조롱하고 아무것도 하지 않는 나는 많은 일을 하는 사람들의 안부를 묻지 않고 날지 못하는 것에 대해 낮은 하늘 때문이었다고 얘기하고 여전히 비웃는 그들을 집 마당에 들이지도 않아 완벽한 차단을 꿈꾸지만 나는 여전히 숨을 쉬고 노래를 부르고 입을 열어 말을 하고 치욕도 모르고 하루 한 끼의 밥과 한 번의 술을 먹고 그러다가 말을 할 줄 아는 것이 아주 잘못된 애초의 죄라고 다시 생각하게 되었고 말을 배우지 않아서 말을 하지 않는 것만이 오로지 진실에 충직한 것이라 그래서 죽음에 이르러서도 긴장하지 않을 수 있고 떳떳한 것이 아닐까 생각하게 되었지만 아무 말 하지 않는 죽음은 어이없는 일이라고 또다시 생각하고 사람들을 향해 부단히 입술을 열고 열어 말들의 어울림을 참회 없이도 바라볼 수 있게 되었고 내 말을 듣는 사람들을 그리워하게 되었지. 그러면서 나는 하나같이 죽음은 왜 사람들을 수다쟁

이로 만드는지, 사람들을 웅변가로 만드는지를 의심하게 되고 피를 토하고 죽은 사람도 피로써 말을 하고 절벽에서 몸을 던진 사람도 추락하는 몸의 궤적으로써 말을 하고 죽음이 전하는 말을 남긴 사람들이 칭송되고 칭송하지 않는 자들은 극단으로 몰려 처형되고 처형된 자들은 다시 칭송되고 칭송하지 않은 자들은 조각배를 타거나, 젖은 물살을 어렵게 헤치면서 지독한 망각과 최면의 거리를 가진 곳으로 유배를 떠나지. 가령 섬 같은 곳으로 섬의 주변으로 섬의 환영으로 섬의 몽상으로 섬의 섬으로 섬의 사원으로 각자 떠나고 섬은 언제나 정신주의자들의 고향 뿌리가 있는 심해에 다다르고 싶은 절대를 흉내 낸 소극의 무대가 되고 나는 섬에 가서 섬사람들에게 섬에서 늙은 세월을 보내고 섬에서 늙은 세월의 잔해와 기억의 잔영에 대해 묻지도 않고 바다의 노래와 바다에 나가서 돌아오지 않는 사람들의 슬픔에 대해서도 귀 기울이지 않으며 섬은 섬이고 섬은 육체이고 섬은 영양 많은 고기이고 섬은 육포이고 섬은 씹어야 할 존재의 영양이고 그것에 대해 내가 말을 하고자 할 때에 스승이나 아버지나 부인들은 족보나 교과서로 내 입을 틀어 막아버리고 때리고 누르고 꺾고 조이고 정신을 잃었

다가 다시 정신을 차리고는 바닷가에 어슬렁거리다가
자연의 포효소리에 수작이나 걸고 시비를 걸고 피할 수
도 있을 매운 매를 얻어맞고 방죽에 널려있는 오징어들
처럼 숲과 대지의 신이 미치지 못하는 섬의 오지에서 형
극을 당하고 싱거운 노래나 부르니 힘없는 목격자는 전
설을 만들어 구슬픈 곡조를 가진 노래에 띄우고 그 노래
를 들은 사람들 북쪽 하늘 바라보며 과장스러운 비애에
잠기고 구시대의 슬픔들을 흉내 내고 거울 보고 웃고 찡
그리며 한나절을 보내다가 존재와 심연과 운명에 대해
웃기지 않을 만큼만 진지하게 고민하다가 서늘한 밤하
늘의 비행을 꿈꾸고 발바닥을 문지르며 초월을 꿈꾸는
데 가진 것은 눈앞의 풍경을 바라보는 눈밖에는 없으니
지나간 풍경에 대해서는 모르는 척하고 지치고 말라빠
진 다리밖에 없으니 연애도 못 하고 정사도 못 하고 글
자나 외다가 방바닥에 엎드려 잠이나 자다가 가혹한 의
지가 만들어 준 위대한 포기의 매혹에 대해 생각하고 가
혹한 의지의 대가로 확인한 몇 개의 지상의 치욕에 대해
생각하고 매혹에 취했을 때의 쾌감에 대해 생각하게 되
고 그 생각이 골몰해지면 서툰 꿈을 꾸고 미완의 꿈을
꾸고 그 꿈속의 세상이 물속처럼 흐리거나 비 오는 풍경

처럼 거나해지면 꿈의 그림자에 취하고 꿈과 꿈의 그림
자에 취한 육신을 제 존재를 자위하게 되고 멀리 하늘의
끝에 있을 절대 존재자를 서투르게 조롱하거나 그 코앞
에 미신을 세우고 모노드라마 배우처럼 울고 웃다가 시
간의 단단한 외벽을 생각하고 변하지 않는 공간과 시간
과 관계하는 가공할 시공체를 만들어서 내 몸과 몸의 좌
우와 몸의 상하에 대한 얽힌 코드를 해독하고 죽은 자들
이 묻혀 있는 무덤 속의 세월과 그 위에서 찌르르 우는
풀벌레들의 세월에 대해 풀벌레들이 지키는 빈 들과 빈
밤의 고독에 대해 그것을 알고 생각하는 어떤 영혼에 대
해 묻고 또 물으며 울부짖고 부딪혀 오는 메아리에 귀
기울이고 두 손을 모아서 사람의 구원을 위해 고독에의
탈피를 위해 빌고 몸을 흔들면서 지상과 하늘의 경계를
두려워하는 영혼의 허기를 달래려 하지. 나는 하나의 연
기처럼 자유로워져서 아무에게나 좋은 표정으로 인사를
하고 좋은 표정으로 약속을 하고 미워하지도 않아서 적
도 만들지 않고 적들의 세계에 대하여 악의에 찬 거짓말
을 하는 사람들을 점잖게 타이를 수도 있어서 하늘이 마
냥 높거나 낮아도 연기처럼 자유로운 나는 아무런 감동
도 없고 치열하지도 않고 땀도 흘리지 않고 가볍게 지상

을 딛고 공중에다 몸을 걸어놓고 힘이 빠져나간 발가락의 간지러움을 즐기고 그 간지러움의 즐거움을 모르는 사람들에게 내 즐거움을 자랑치 아니하고 그들에게 내 즐거움을 권하지도 아니하고 그들이 일어날 때 같이 일어나고 그들이 밥 먹을 때 같이 밥 먹고 그들이 슬퍼하거나 많이 노여워서 싸움을 할 때 그들을 속으로 비웃지도 아니하고 싸움하는 사람들의 상처받은 마음에 진심으로 어떤 위로를 해야 할지를 고민하다가 밤이 오면 고요한 공간 속에 무릎을 꿇고 앉아서 기도를 하지. 신은 유일무이한 존재로서 자신을 증명하려 하지만 보지 않은 사람들은 결코 신을 믿지 아니하고 눈을 닦지도 아니하고 기도를 하지도 않고 시작도 끝도 없는 공포의 배경과 사랑하는 사람들을 바라보는 결코 애상적이지 않을 수 없는 마음에 대한 저항과 슬픔에 앞서는 허기에 대하여 나는 얼마나 우회적으로 속되지 아니하게 말할 수 있는데 낭만적인 영혼은 상처를 찾아다니고 상처를 찾아다니다가 상처에 감염되고 감염된 상처들의 합창, 합창 그러면 그 상처는 백 년 동안의 햇볕 아래에서도 마르지 않으리. 아아, 새살 돋지 않으리.

빨강 게르니카

석 민 재 (시인)

빨강 게르니카

☐ 1

장마가 시작될 것이다. 사람들의 상처투성이 영혼을
껴안고 위로하고 달래줄 슬픈 비가 계속 내릴 것이다.
그들이 일어나 온전한 삶을 누리기 바라는 비가 올 것
이다. 갑자기 덮쳐와 일상이 되어버린 악몽 같은 현실
에 시달리면서 죽음을, 인간관계의 매정함을, 세계의
잔인함과 혹독함을 알게 되는 한편, 사람으로서 지켜야
할 도리이며 믿음이며 애정이며 약한 자, 상처 입은 자
를 불쌍하고 가련하게 여기는 마음이 비가 되어 내릴
것이다. 사람살이를 깨우치며 성큼성큼 비가 곧 내릴
것이다.

「실용적인 공구들과 개의 심장」 이것은 피카소식으로
그려놓은 시다. 마치, 흑백을 사용하여 전쟁의 비참하고
끔찍함을 표현한 〈게르니카: 피카소, 마드리드, 1937년,
유화, 349x776.6cm〉처럼 깨진 동물의 머리, 죽은 아이

들과 불길에 휩싸인 집을 그려 전쟁의 참혹상을 고발한 모습이 된다. 그런데 피카소는 이 그림에서 참혹함을 강조하기 위해 오히려 검정, 흰색, 회색만을 썼다는 기록이다. 붉은색을 쓰지 않아도 충분했다. 흑백의 대조만이 강조되는 거대한 화폭에는 전투기도 폭탄도 없다. 어떤 개가 있다. 아무것도 하고 싶은 게 없는 개가 있다. "정, 말뚝, 호치키스, 스패너, 드라이버, 제초기, 엔드밀, 삼지창, 삽, 포크레인, 톱날, 송곳, 커터, 그라인더, 홀쏘, 드릴비트, 메스, 드릴척, 해머드릴, 나이프, 드레샤" 이 실용적인 공구들 옆에서 잠을 자려는 개가 있다. 한 번도 들어보지 못한, 상상을 해본 적도 없는 "후벼파고, 깎고, 찌르고, 자르는데" 쓰이는 온갖 날카롭고 거친 공구들이 개의 심장을 건드리면서 그 소박한 잠마저 방해한다.(『실용적인 공구들과 개의 심장』) 쓰던 사람이 죽으면 공구도 정물이 된다. 정물화의 본래적 의미는 삶의 허무와 무상함이라는 말을 들은 기억이 있다. 어떤 개도 주인을 잃으면 상상을 해본 적이 없는 '구멍 난 심장의' 느낌을 지나 '허무'의 개가 된다고 시인은 말하고 있다.

김도언 시인은 전쟁과 사랑, 전쟁과 평화 이야기를 끊임없이 하고 있다. 한 번 정해놓은 카논(미술에서의 이상적 비례)을 바꾸지 않으려는 시인의 이런 집념은 슬픔을 지나 공포를 넘어선 이후에 생긴 것인데(빨강코만으로도 충분

하다) 미적 감각을 고려하지 않는 것은 당연하며, 고독의 끝을 독자가 '직접 만져보게' '우뚝' '벌겋게 세워'놓고 있다. 시인은 시 자체가 미적 효과에 있는 것이 아니라 숭고함에 있다고 믿기 때문이다. "이것을 당신이 그렸소?" 물으면 시인 또한 피카소처럼 대답할 것이다. "아니요, 이걸 그리게 한 사람은 바로 당신들이오."

이것은

어려운 보고서도 아니고

대단한 보고서도 아니다

거리마다

빨강코를 한 주정뱅이들이

가늘게 눈을 뜨고

태양보다 뜨거운

시선을 견디고 있는 것에 대한

이야기다

빨강코는 바코드다

도살된 돼지의 피부에 스민

푸른 도장처럼

빨강코는 오랫동안 준비된

단순명쾌한 낙인이다

빨강코가 되지 않기 위해

사람들은 열심히

사전을 습득해

고급한 단어들을 외운다

예를 들면 와인의 이름 같은 거

오케스트라의 배열 같은 거

혹은 로마노프 왕조의 승계 순서를

빨강코가 되는 순간

돌이킬 수 없는 종이 울린다는 걸

그 종소리에

머리를 흠씬 두들겨 맞는다는 걸

빨강코들은 안다

그래서 빨강코들은

빨강코만을 사랑한다

그래서 빨강코들은

빨강코만을 경멸한다

빨강코의 세계는 견고하다

빨강코가 아니고서는

이 세계에 그 누구라도

한 발짝도 들여놓을 수 없으니까

반쯤 농담을 섞어서 말하면

빨강코는 되고 싶다고

누구나 되는 것도 아니다

빨강코는 오랫동안

슬픔과 반역의 서사를

제 몸에 새긴 이들이

가까스로 얼굴 한가운데 얻은

별빛 같은 것이다

　　　　　- 「빨강코에 대한 소박한 보고서」 전문

　이 시집은 강박 덩어리다. 전쟁과 평화에 의한 강박
이며, 반복된 지옥을 겪으며 알게 된 어떤 질서다. 그
질서를 알았기에 복수했다고 성공했다고 생각해버린,
그리하여 자학하는 강박이다. 이 시집에는 자비와 긍
휼도 어쩌지 못하는 얼룩으로 물든 골목이 굴뚝이 많
다. 저 군인들은 왜 '앞'으로 가는가? 누구를 위해 오
늘도 종은 울리는가? 코는 언제 하얗게 되나? 나는 부
끄럽고 신앙을 버린 자처럼 죄가 깊어서 주의 기도를
까먹은 지 오래되었다.

　여기 코가 빨간 사람의 초상화가 있다. 집안이건 사
회건 나아가 세계건 질서란 타파되는 게 아니며 더 강
하고 독한 것으로 덮일 뿐이라는 걸 말해주는 듯 "빨
강코"가 있다. "빨강코"는 문자 기록이다. 첫 시집이
'기록되지 않을 시인의 뒷모습'이었다면 이번 두 번
째 시집은 '당신들이 아는 얼굴'이다. 얼굴(머리)은 옆
으로 보여질 때 가장 쉽게 볼 수 있기 때문에 옆모습
으로, 모든 신체는 생략된 곳 없이 온전히 표현되어

있다. 이런 표현법을 예술의 특징에서, 정면성(正面性, frontality)이라 말한다. 보이는 대로가 아닌 '아는 대로' 표현한 방식, 각자의 특징이 가장 두드러지는 부분을 선택적으로 표현하여 합하는 것이다. 다시 말하면 얼굴은 얼굴, 다리는 다리, 팔은 팔. 시인에게 있어, 사람은 그냥 사람, 못생긴 사람 이쁜 사람 구별이 아닌, 그냥 본질의 사람, 오리도 그냥 오리라는 것이다. 양식(스타일)이란 넓은 의미에서 '문명'이라고도 할 수 있다. 세상을 바라보는 견해이며 세계관이다. 하나의 양식을 구성하는 것을 말로 설명하기는 어렵지만 눈으로는 보다 쉽게 알 수가 있다. 정면성, "이것은 어려운 보고서도 아니고 대단한 보고서도 아니다." 다만, 기괴한 방식을 꺼내 시집 한 권을 읽어볼 뿐이다.

신체의 상반신(즉 어깨와 가슴)은 정면에서 그 모습이 가장 잘 드러나는데, 두 팔이 몸에 어떻게 붙어있는지 볼 수 있기 때문이다. 그러나 팔과 다리가 움직이고 있을 때는 측면에서 그 모습이 잘 드러난다. "빈번하게 나는 잠에서 잠깐씩 깨어 나의 무릎이나 팔꿈치 같은 데를 만지면서 나는 왜 없어지지 않는 것인지 의문을 품을 때가 있다. / 나는 왜 없어지지 않는가. 아무것도 보이지 않는 암흑 속에서 그 의문은 꼬리에 푸른 불이 붙은 새처럼 허공을 날아다닌다."(「의문」) 장자의 지도리(한가운데는 모든 것을 장악하는 곳이 아니라 아무 곳도

아닌 곳. 바퀴가 잘 돌아가려면 한가운데는 비어있어야 한다는) 같은 이
야기라면 오히려 마음은 편하겠는데, 전쟁의 광포성과 운명
의 장난 밑에 무력한 인간의 비참함이 낮이고 밤이고 빨강
인 이 시에 아파 죽겠다. 죽음이라는 현실(발)과 불안이라는
안감(이불)의 밀착을 떼어 내고 싶은 마음을 "이불을 차버린
발과 이마의 식은땀은 내가 없어지지 않았다는 걸 알려 주
는 반갑지 않은 증거인데, / 당장 없어져도 전혀 이상할 게
없는 나를 누가 젖은 수건처럼 치워버릴 수 있는지 알고 싶
은 것"이라 말하면서도 안감 없는 옷은 불안해한다. 안감이
운다는 표현이 있다. 안감이 빠져나왔다는 말도 있다. 안감
이 없는 치마는 속이 다 비쳐 불편하고 세탁을 잘못한 옷은
짧아져 안감이 더 길게 보이는 경우도 있다. 보이지 않으면
서 옷감으로 분명히 존재하는 안감은 없으면 편하고 있어도
편안한 존재로 현실에서 떼어 내 버리면 식은땀 나게 우는
것이다.

2

K가 창밖이 완전히 어두워진 것을 확인하고 나서야 집 밖으로 나왔
던 것은 자신의 서사에 타인의 비밀이 예고도 없이 끼어들었다는 느
낌을 받았기 때문이다. 그는 자주 가는 산책 코스 대신 처음 가보는
골목에 들어섰다. 모든 골목에는 그 골목이 키운 주정뱅이가 사는데

가로등 하나가 주정뱅이가 던진 돌멩이에 깨진 건 사흘 전의 일이다. K가 더듬더듬 백일흔여덟 발자국쯤 걸었을 때, 보름 전 주인이 스스로 목숨을 끊은 자전거와 마주쳤다. 자전거는 골목의 전신주에 느슨한 체인으로 묶여 있었다. 이제 그 체인을 풀어줄 사람은 논리적으로, 수학적으로 존재하지 않는다. K는 자전거를 유심히 살피면서 자전거가 아직 주인을 잃었다는 것을 알지 못한다는 걸 알았다. 자전거는 언제쯤 자신의 주인이 숨과 살을 버린 걸 알게 될까. K는 차갑게 묶인 두 개의 바퀴를 가진 사물의 불행을 한눈에 알아보고 슬픔에 치를 떤다. 버린 사람은 있어도 버려진 밤은 없다. 잊으라, 스스로 삶을 버린 이로부터 버림받은 모든 사물의 미래여. K는 어둠 속에서 두 개의 바퀴를 더듬는다. 자전거의 바큇살은 한여름에도 썩지 않는 살이다.

-「두 개의 바퀴가 있는 밤의 산책」 전문

믿음은 체험적 이벤트성이 강해서, 이론이나 모태신앙으로도 해결되기 어려움이 있다. 내가 넘어지고 자빠져 있는 가운데 신의 존재를 직접 체험하고 나서야 문장 한 줄 해결되는 기독교인으로서의 결핍이 김도언 시인에게서도 보여 '살'이고 '숨'이고 하는 유한적 존재자로서의 순종順從이 "한여름에도 썩지 않는" 원죄原罪로 밤마다 불안하게 돌아다니게 하는 것이 김도언 시인에게 보인다. 이 두 발은 눈동자 같아서 죄만 따라다니고, 어둠만 찾아다니다 인력으로 가야 하는 자전거를 만났다. 겉모습은 사람인데 분명 사람인데 속 모습은 전혀 사람일 수 없을 것이라는 '자전거를 버린 사람'을 증오하고 있다. 이는 나라를 버린 것처럼 섬뜩하고 나라를 잃은 것처럼 슬퍼 한여름 밤에 "더듬더듬 백일 흔여덟 발자국"으로 골목을 걷는 시인을 우리가 만난다. 조선왕조실록에 의하면 왜구로부터 백일흔여덟 번의 침략이 있었다. 시인은 발자국마저 본능적으로 불행 쪽으로 머리를 두는 것이다, 신라 삼국사기에 스무 번, 고려 고려사에 오백열다섯 번의 왜구 침략이 있었다. 그리고 수탈의 일제 침략으로 한 번, 이 나라를 칠백열네 번이나 침략하고도 대대로 이어지는 야만인 핏줄이 가까이에 있다.

오늘도 종소리가 울렸다. 누군가가 또 죽었다. 고도를 기다리는 늙고 힘없는 자들이 오늘도 죽었다. 코로나 시대 이 흔한 죽음의 시대에 누구를 위해 종은 울리는지 다시 묻고 있다. 강물이 피가 되고 전염병과 암흑, 맏이들의 죽음이 지나고 나서야 이집트를 가까스로 탈출하는 모세와 그의 백성 이야기가 들여오는 밤이다. "내가 아버지 안에 있고, 아버지가 내 안에 있는" 혈통이 절대 믿음이 되기까지 수많은 골목을, 기적을 시인은 체험해야 한다. 골목이라는 곳은 새로운 사건이 매일 태어나는 곳이며 살아가는 동안 피할 수 없는 곳이다. "내가 볼 때도 있고 안 볼 때도 있는 구름처럼" '골목'은 '고독'은 어려우면 안 되는 것, 시인의 문장을 다시 빌리면 "구름을 가져오는 문법처럼 본질이 그늘인 곳"이다.

조각은 때리면 깨지고 물 주면 이끼가 낀다. 그림은 찢으면 째지고 물 주면 흐려진다. '아케이로포이에토'라는 이콘像에 대해 처음 알게 된 날 마음이 온통 거기에 닿아 '충만함'인지 '울컥'인지 모르겠는 마음이 들었다. "손으로 그리지 않은 그림"이라는 이 예수의 얼굴들은 예수의 땀을 닦았던 막달라 마리아의 손수건에 나타난 예수의 얼굴을 포함하여 초기 기독교 시대 예술의 한 형태로 남아 있다. 김도언 시인의 시 「혈통」은 부자지간의 피의 말이 아니라 믿음이 깊지 않아 반성하고 회개하는 아버지를 통해 자신을 보는, 낮아지고 부서지는 말이다. "상처를 관리하지 못하는 아버지처럼 순정적"이고 "무엇도 따라잡지 못할 만큼 소극적이다." "하루 종일 해가 지지 않는 바깥에 나가지도 않고", 누가 부르면 자는 척이나 하는 아버지는 막달라 마리아를 기다리고 피를 물려받은 나는 알 수 없이 불안해져서 흐린 날의 적막을 머리에 이고 내가 부서지는 저녁이다. 아버지는 그런 아버지고 나는 그런 아들이고 그런 저녁이다. 돌아누워 책망하는 아버지의 눈물을 비가 듣는 저녁의 색깔이 손수건에 묻어있다.

시인의 눈과 발을 통해 전쟁과 죄를 조심스럽게 꺼내어

보았다. 이 글의 시작에서 말한 것처럼 지금부터는 평화가 어떻게 강박이 되는지 아는 대로 보고자 한다. 박제가 아닌데도 새가 공포가 아닌 강박이 되고 있는 모습을 시인은 다음과 같이 보여준다. "세 종류의 새"가 날아오면 사람들은 세 가지의 '근심'이 온다고 말하고 어떤 사람들은 세 가지의 '절망'이 올 수도 있다고 말하는데, 새는 세 마리의 '작은 새'지 세 명의 '적'도 세 명의 '오해'도 아니다, 하고. 이름은 모르지만 "어떤 작게 나는 것"이 오고 있는 '새'일뿐이라는 시인의 말을 들을 수 있다. (『코로나, 봄날』) 왜 우리는 근심으로 절망으로 적으로 오해로 지나치게 힘이 들고 나서야 '새를 새'로 볼 수 있는 것일까? 힘을 빼고 볼 수 있는 눈은 어디에 두고 살고 있는가? 믿음은 내 의지의 문제다. 의심 없이 어떤 형상에 대해 본질만 볼 수 있는 마음만 있다면 그 믿음은 맑고 밝다. 김도언 시인은 이 시집에서 그 '본질'을 강조하기 위해 동일 단어들을 습관처럼 계속 말하고 있는데, 예를 들면 토마토, 두 바퀴, 복숭아. 굴뚝, 여름, 고등어, 바나나, 고양이, 개, 새, 군인, 노인, 술, 신, 눈, 골목, 농담, 창, 돼지가 나오지만 하나같이 전부 본질적이고 변하지 않는 모습으로 일관성이 있다. 심지어 '본질 보관'을 위해 '통조림'으로 만든다.

　　토마토주의자는 모든 감정에 토마토적인 감각을 집어넣는다. 슬픔과 외로움은 물론이고 심지어는 기쁨과 환희에도 토마토적인 감각을 넣는다. 토마토적인 감각은 식은 적막 두 스푼에 들끓는 연민 세 스푼 따위로 계량될 수 있는 게 아니다. 말하자면 토마토주의자는 모든 감정이 토마토와 무관해지는 걸 참지 못하는 사람이다. 이 세계가 반토마토적인 분위기로 흘러가는 것을 견디지 못하는 것이다. 토마토의 처녀적인 신선함과 붉음을 전파해, 낡은 것의 고집불통을, 노인의 지혜를, 이성의 전체주의를 파괴하는 것이 토마토주의자의 정신이다. 토마토주의자는 당연히 토마토에 대해 매우 분명한 태도를 가지고 있는데, 토마토주의자의 토마토는 붉고 아름다운 감정에 충실해야 하지만 토마토주의자의 입술은 반드시 붉거나 아름다울 필요는 없다. 처음부터 완벽히 붉었던 것은 드물다.

- 「토마토주의자」 전문

    모든 것이 빨강이면 어떻게 될까. 세상에서 빨강이 사라지면 어떻게 될까. 저 믿음은, 저 사랑은 어떻게 될까. 토마토주의자는 꼭 토마토를 키우지 않아도 될 수 있다. 의미 그대로 "모든 감정에 토마토적인 감각을 집어넣으면" 된다. 꼭 사랑한다는 말을 하지 않으면 그것이 사랑인 줄 우리가 모르는 것과 같이 모든 것에 토마토 냄새가 나지 않으면 못 견디게 된다. 토마토가 아니면 아무것도 아닌, 즉 사랑이 아니면 아무것도 아닌 고린도전서 13장 같은, 시 「토마토주의자」 붉고 아름다운 입술은 필요 없는, 계량할 수 없는 사랑의 존엄에 대하여 말하는 시다. 나는 사랑을 사랑답게 하고 있는가? 정면성으로 다시 돌아가 이야기를 하면, 얼굴, 몸뚱이, 팔, 다리, 발 등 각 부분의 특징을 극대화한 방식으로 조합해 놓은 그림은 인간을 표현한 것임에도 '사람 냄새가 풍기지 않는 비인간화된 인간의 형상'이 되어버리고 말았다. 질서와 영원에 대한 깊은 연구는 자연의 재앙, 고난과 투쟁하는 인간의 '살아남음'의 문제로 인해 시작했기에 어떤 의미에서 '나' '스스로'를 위한 것인데, 이는 지나치면 '저 사람이 나를 공격하는 건 아닐까' 하는 마음이 생긴다.(『파라노이아』) 시인은 토마토주의 정신으로 "낡은 것의 고집불통을, 노인의 지혜를, 이성의 전체주의를 파괴하는 것"이라 했다. 사랑이 지나쳐 강박이 되면 코가 빨개진다. 처음부터 붉었던 토마토가 드물므로, 농담도 점점 진담이 되고 토마토는 토마토의 태도를 넘어 무능하거나 강박이 된다.

빛은 한 매질에서 다른 매질(폭력)로 넘어갈 때 필연적으로 굴절한다. 흥미로운 건 그것이 도착점에 가장 빠른 길이라는 점이다. 시인의 '골목'과도 같은 맥락이다. 생명을 탄생시킨 우주는 질서 정연하거나 안정하지도 않다. 현대 천문학자가 사람의 모습을 그린다면, 「토요일의 태도」가 아닐까. 토요일은 천지창조에서 여섯째 날, 즉 인간이 만들어진 날이다. 하지만 토요일은 토요일로 돌아갔는데 사람들은 아직도 토요일에는 토요일의 태도로 산다. "토요일이 오면 집에 가야지, 아내와 아이들이 기다리는 집에 가야지, 라고 말하는, 공장에서 합숙 중인 사내들"에게 '돌아갈 집이 불타버린 것'을 말해줘야 하는데, "노인들은 토요일 아침이면 어둡고 자신 없는 얼굴로 자신을 찾아올 생각이 눈곱만큼도 없는 아들과 딸을 기다리는데" "토요일은 토요일마다 가해자가 되어서" "야구장으로 주말 경기를 보러 들어간 사람들 중 평균 서른세 명가량이 야구장 밖으로 다시 나오지 않는다는" 것도 "그들이 어디로 사라졌는지는" 토요일만 안다.

3

누군가 오늘 저녁 노르웨이 고등어를 구워 먹었다고 말했다. 노르웨이와 고등어는 사실 어울리지 않아. 노르웨이와 어울리는 건 침엽수림과 얼음벽 같은 말들, 그리고 거대한 일각고래와 털장화. 노르웨이와 고등어는 서로 어울리지 않는 말이므로 노르웨이 고등어가 어떤 고등어인지 생각하지 않는 것은 불가능하다. 불에 데인 손으로 딸기를 만지는 것만큼이나 말야. 노르웨이 고등어는 어떤 고등어일까. 노르웨이 사람이 잡은 고등어가 노르웨이 고등어일까. 아니면 노르웨이 사람이 노르웨이 앞바다에서 잡은 고등어를 노르웨이 고등어라고 하는 걸까. 그렇다면 한국 사람이 노르웨이에 가서 잡은 고등어는 노르웨이 고등어인가 한국 고등어인가. 노르웨이 어부가 한국의 바다에서 잡은 고등어는 노르웨이 고등어인가 아닌가. 이런 생각들 말

이야. 노르웨이 고등어 노르웨이 고등어 노르웨이 고등어 북쪽으로
가는 길을 장악한 고등어의 자부심을 깡통에 처넣고 싶어.

- 「노르웨이 고등어」 전문

시인이 '태도'라는 단어에 경직될수록 정면성이 더
뚜렷해진다. "오직 직선으로만 감정이 설계된 가장
완벽하게 닫힌 거룩한 방"에서, "악마와 선하다고 알
려진 신들이 설계한 방"에서(「닫힌 방, 악마와 선한 신」),
"쓸모는 없지만 버릴 수 없는 것들을 넣어두는" 창고
에서(「창고와 나」), "사랑하지 못했다는 엉망진창인 마
음"으로 사춘기를 보낸 이 아이는 "놓아버린 손과 붙
잡고 싶은 손"을, "죄를 잊을 만큼 죄를 사랑할 만큼
곰팡이 냄새와 종이 냄새"를, "삽과 톱날의 냄새"를
잊고 싶어 코를 "빨갛게" 마비시켜도 벗어나지 못한
다. 누군가 열어주지 않으면 스스로 나오지도 그렇
다고 폭발하지도 못하는 이 캔(방) 속의 자신처럼 북
쪽으로 가는 길을 장악한 노르웨이 고등어의 자부심
을 처넣고 싶어진다. 고등어는 시인이다. "노르웨이"
는 "고등어"보다 중요하지 않다. "통조림"이 "고등어"
보다 중요하지 않듯. 시인의 '시적 면적'은 어떤 지형
의 변화에도 불구하고 불변하는 것이다. 삼각형과 사
각형이라 해도 면적은 같을 수 있다. 눈으로 감각적
으로 모양이 달라도 초감각으로 보게 되면 같다는 추

상 충동이 작용하고 있다. 그림으로 읽었을 때, 구성, 디자인 같은 느낌을 주는 이유이다. 이것이 시인의 의지다. 또한 다양한 것이 아니라 공통된 것을 뽑아내는 것이 시인의 의지다. 개별적이 아니라 보편적인 것, 이것이 바로 김도언 시인의 예술 의지다. 직선이든 악마든 방과 창고든 가장 중요한 것은 아이이며, 정육면체와 교차로와 사각형, 오직 직선으로만 감정이 설계된, 가장 완벽하게 닫힌 거룩한 방에서 아이를 구하지 못한 악몽을 계속해서 꾸고 있다.

가능한 토마토와
불가능한 토요일

김도언 시집

발행일
2022년 7월 25일   초판 1쇄

지은이   ● 김도언
펴낸이   ● 김종해
펴낸곳   ● 문학세계사
출판등록   ● 1979. 5. 16. 제21-108호

주소   ● 서울시 마포구 신수로 59-1(04087)
대표전화   ● 02-702-1800
팩스   ● 02-702-0084
이메일   ● mail@msp21.co.kr
홈페이지   ● www.msp21.co.kr

값 10,000원
ⓒ 김도언, 2022
ISBN 978-89-7075-176-4   03810